À L'ENCRE DE NOS RÊVES

CARRIE ANN RYAN

À l'encre de nos rêves

Une romance Montgomery Ink
Carrie Ann Ryan

À l'encre de nos rêves
Une novella Montgomery Ink
par Carrie Ann Ryan
© 2013 Carrie Ann Ryan
ISBN : 978-1-63695-102-7
Print ISBN 978-1-63695-103-4

Traduit de l'anglais par Alexia Vaz pour Valentin Translation

Ceci est une œuvre de fiction. Les noms, les lieux, les personnages et les incidents sont le produit de l'imagination de l'auteur et sont fictifs. Toute ressemblance avec des personnes réelles, existantes ou ayant existé, des événements ou des organismes serait une pure coïncidence.

À l'encre de nos rêves

Holly Rose est tombée amoureuse d'un Montgomery, mais elle l'a quitté en constatant qu'il ne pouvait pas l'aimer en retour. Si elle a coupé les liens en douceur avec son ex, Holly craint maintenant d'avoir laissé passer sa chance d'éternité et plus encore. C'est toujours une fille sage et posée, mais elle est prête à faire un pas de foi et à embarquer pour l'aventure de sa vie.

Brody Deacon adore les tatouages, les femmes, les bolides, et il vit sa vie comme s'il n'y avait pas de lendemain. Quand il voit Holly, il est intrigué, mais il entend aussi les alarmes dans sa tête. Elle est trop douce, trop innocente, et bien trop spéciale pour lui. Pourtant, lorsque Holly lui propose de prendre le taureau par les cornes, il ne peut pas résister.

Alors qu'ils explorent la liste d'incontournables que Holly souhaite réaliser, ainsi que leurs propres désirs, Brody s'assure de ne pas tomber trop amoureux. Persuadé que les histoires d'amour ne sont pas faites pour tout le monde, il va devoir affronter ses démons et dire la vérité à Holly sur l'existence sans compromis qu'il aime mener... même si le temps commence à manquer.

Chapitre 1

À l'encre de nos rêves

HOLLY ROSE EST TOMBÉE amoureuse d'un Montgomery, mais elle l'a quitté en constatant qu'il ne pouvait pas l'aimer en retour. Si elle a coupé les liens en douceur avec son ex, Holly craint maintenant d'avoir laissé passer sa chance d'éternité et plus encore. C'est toujours une fille sage et posée, mais elle est prête à faire un pas de foi et à embarquer pour l'aventure de sa vie.

. . .

BRODY DEACON ADORE LES TATOUAGES, les femmes, les bolides, et il vit sa vie comme s'il n'y avait pas de lendemain. Quand il voit Holly, il est intrigué, mais il entend aussi les alarmes dans sa tête. Elle est trop douce, trop innocente, et bien trop spéciale pour lui. Pourtant, lorsque Holly lui propose de prendre le taureau par les cornes, il ne peut pas résister.

ALORS QU'ILS explorent la liste d'incontournables que Holly souhaite réaliser, ainsi que leurs propres désirs, Brody s'assure de ne pas tomber trop amoureux. Persuadé que les histoires d'amour ne sont pas faites pour tout le monde, il va devoir affronter ses démons et dire la vérité à Holly sur l'existence sans compromis qu'il aime mener... même si le temps commence à manquer.

Chapitre 2

Chapitre 1

HOLLY ROSE DEVAIT JOUIR.

Terriblement.

Et avec un peu de chance, ce serait le cas. L'homme au-dessus d'elle bougea de façon si torride qu'elle savait qu'elle rougissait, mais elle s'en moquait. Elle avait juste besoin qu'il utilise sa magie pour enfin arriver au septième ciel et finir en un tas de membres désossés.

Elle s'accrocha à ses épaules tatouées avant de glisser la main sur son torse, effleurant des ongles ses muscles épais et l'encre qui tapissait sa peau. Il donna des coups de reins profonds en elle et elle cambra le dos, le prenant plus entièrement.

Elle haletait et son corps trembla, recouvert de transpiration après avoir passé des heures à faire l'amour sans s'interrompre.

Puis elle leva les yeux et se figea.

Une fois encore, son Homme de Rêve n'était qu'un brouillard. Un mec bien musclé tatoué, mais sans visage, sans caractéristiques trahissant qui il était. Aucune pupille ne laissait apercevoir qui il était au plus profond de lui.

Elle tendit la main pour prendre son visage en coupe, espérant qu'elle avait tort.

Mais ce n'était pas le cas.

Le réveil la sortit de sa rêverie en un instant, la laissant au bord de l'orgasme une fois de plus et sacrément confuse à cause de ce songe récurrent qui n'avait jamais de logique.

Holly soupira et roula sur le côté pour appuyer sur le bouton de son téléphone. Malheureusement, elle n'avait pas le temps de décaler son réveil pour se rendormir, alors elle s'obligea à s'asseoir. Appuyer sur ce bouton était l'un de ses hobbies préférés puisqu'elle avait le lit le plus confortable du monde, mais elle devait se comporter en adulte et y renoncer. Elle était le genre de personnes qui, une

fois assises, étaient bien réveillées et assez fonction-
nelles. Néanmoins, c'était le fait de s'asseoir qui
était le plus difficile. Elle adorait faire la grasse
matinée, mais ne pouvait le faire la plupart du
temps à cause de son travail. Bon sang, le plus
souvent, elle ne pouvait même pas dormir le week-
end en raison des tonnes de copies qu'elle devait
corriger. Elle n'était peut-être qu'enseignante au
CP, mais ses élèves avaient des cahiers et des clas-
seurs remplis de devoirs financés par l'État et de
travail à compléter.

Holly avait mal à la tête rien qu'en y pensant.

Elle souffla et s'encouragea avant de se mettre
debout. Son lit était un peu grand pour elle, alors
en sortir était plutôt une corvée, mais elle n'allait
certainement pas en acheter un nouveau, ni
acquérir de petits tabourets pour y monter et en
descendre plus facilement. Elle n'était pas si minus-
cule… Quoique.

Alors qu'elle marchait comme un zombie vers la
salle de bain pour faire son affaire, elle soupira,
pensant au rêve qui l'avait fait transpirer sans pour
autant s'achever correctement. Cela devait être la
quatrième fois cette semaine qu'elle s'envoyait
virtuellement en l'air avec l'Homme de ses Rêves, et
pourtant elle ignorait toujours qui il était. Tout ce

qu'elle savait, c'était qu'il était sexy et tatoué. Ce qu'elle aimait, apparemment.

La seule chose dont elle était certaine, c'était que l'Homme de Ses Rêves n'était *pas* son ex, Jake. Les tatouages et le genre de corps ne correspondaient pas, et elle remerciait vraiment son subconscient de ne plus en pincer pour lui. Elle serait plus qu'embarrassée de le voir avec son mari et sa femme après avoir songé à toutes ces choses torrides et sexy qu'elle voyait dans ses rêves, des actes qu'elle n'avait pas pu faire en réalité.

Oui, son dernier petit ami sérieux était maintenant dans un trouple, non seulement avec son ancien meilleur ami, Border, mais également sa meilleure amie, Maya. Et ils avaient même eu le bébé le plus adorable du monde, Noah. Elle en aurait été jalouse si ce n'était pas elle qui avait rompu parce qu'ils n'étaient pas faits l'un pour l'autre. Ils ne vivaient pas le bon genre de relation, et elle avait vu l'étincelle entre Maya et Jake. Cela avait peut-être été un peu douloureux (d'accord, très douloureux) de faire ce qu'elle avait fait, mais elle s'était assurée que son cœur soit aussi enveloppé que possible quand elle avait franchi cette porte pour la dernière fois.

Non seulement Jake était un Gallagher, la

famille de grands hommes barbus dans laquelle il avait grandi, mais il était également un Montgomery, une immense famille qui avait accueilli Holly à bras ouverts.

Et la jeune femme était encore une fois en train de tout observer de l'extérieur. En revanche, ça ne la dérangeait pas. Les choses n'avaient pas été différentes d'avant sa relation avec Jake.

Elle était juste la gentille et agréable Holly Rose, et il n'y avait rien de mal là-dedans.

Soupirant, elle se glissa dans la douche et commença sa routine matinale, son esprit toujours embrumé et son cerveau mourant d'envie d'avoir de la caféine. Elle s'était obligée à attendre pour boire son breuvage, le week-end, puisque si elle ne se douchait pas d'abord, elle finissait en pyjama ou en legging, à ne rien faire de toute la journée.

Même si honnêtement, ce genre de journée semblait génial.

Parce que c'était simplement un exemple de la personne qu'était Holly : une rêveuse qui aimait les vêtements confortables et ne quittait pas la maison.

Elle n'était pas exactement la femme dévergondée qui avait un homme sexy et tatoué comme dans ses rêves.

Mon Dieu, elle se souvenait de la tête des autres

quand ils avaient aperçu pour la première fois le bras de Jake. Il était tout en sex-appeal sauvage et elle était… la *gentille fille* qu'ils regardaient du coin de l'œil.

Elle portait des cardigans parce qu'elle les aimait, même des perles lors des occasions spéciales. Elle aimait que ses cheveux n'arborent qu'une couleur et soient coupés symétriquement, parce que c'était plus facile à coiffer pour l'école. Elle aimait ses chaussures d'une teinte unie, idem pour ses vête-ments, puisque sortir du lot dans son établissement lui attirerait des problèmes avec le principal, qui, elle en avait l'impression, n'appréciait pas que les femmes quittent la maison.

Rien ne clochait chez elle, et elle avait une bonne estime d'elle malgré ce à quoi ses pensées faisaient constamment allusion. Cependant, un jour, ce serait bien d'abandonner toute prudence et de surprendre tout le monde.

Y compris elle-même.

Chassant ces idées de son esprit, parce qu'elles ne lui faisaient aucun bien, elle sortit de la douche et s'essuya les cheveux. Heureusement, elle était l'une de ces personnes bénies qui n'avaient besoin de se les brosser qu'avec une noisette de produit pour qu'ils sèchent comme elle le voulait. Elle était aussi rare qu'une licorne d'après Internet et elle appréciait, puisque cela signifiait qu'elle pouvait avoir trente minutes de sommeil supplémentaires la plupart du temps, et même boire un deuxième café.

En parlant de café, il était grand temps qu'elle aille se servir sa première tasse. Elle était réveillée depuis plus de trente minutes et n'avait pas encore bu une goutte de ce carburant qui la gardait en vie et lui permettait de fonctionner normalement.

Fredonnant dans sa barbe, pour une raison ou une autre, elle enfila un legging noir et un débardeur fluide couleur pêche, avec un tricot par-dessus. Elle n'allait pas au travail aujourd'hui et était d'humeur à se sentir plus libre dans son choix de garde-robe.

Dès qu'elle entra dans la cuisine, elle alluma sa cafetière et glissa de tranches de pain de mie aux germes de blé dans le grille-pain. Le pain normal lui manquait, mais elle détestait faire du sport et comme elle ne s'envoyait plus en l'air pour brûler des calories, elle faisait attention à ce qu'elle mangeait. Quand tout fut prêt, elle versa de la crème saveur vanille dans son café et se mit devant son plan de travail tout en planifiant sa journée dans sa tête. Elle se serait bien assise, mais elle s'était dit que rester debout était mieux pour elle, et puisqu'elle ne voulait *vraiment* pas faire de sport plus tard, elle accepterait toutes les activités qu'elle pourrait avoir.

Étant donné que les vacances d'été avaient commencé, les élèves profitaient d'un peu de repos et elle avait un peu de temps libre également. Enfin… pas vraiment *libre*, puisqu'elle avait des tas de choses à prévoir pour l'année prochaine, tout en continuant de suivre des cours pour garder sa certification et rester à jour sur les programmes. Elle n'était pas *payée* pour ces heures dans la mesure où les enseignants étaient en « vacances » pendant l'été. Elle ricana avant de boire une gorgée de café. Quel mensonge ! Les élèves passaient plus de temps en classe maintenant, à cause des jours de neige ainsi que du retard accumulé au fil de l'année, et les professeurs y restaient encore plus longtemps. Entre les cours qu'elle devait suivre, la paperasse et les carnets qu'elle devait consulter, tout en préparant sa salle de classe pour l'année prochaine, elle était déjà chanceuse d'avoir une semaine entière de libre pendant ses vacances d'été non rémunérées.

C'était justement cette semaine. Parce qu'elle avait tout programmé de manière aussi précise que possible, elle avait également ses week-ends pour les *cinq* semaines suivantes. Elle n'était néanmoins pas sûre de savoir ce qu'elle ferait de son temps autrement que de paresser dans ses nouvelles robes en coton qu'elle avait achetées en soldes.

Toutefois, aujourd'hui, elle avait comme un plan. Elle déjeunait avec son amie Arianna dans leur café préféré, *Taboo*. Le fait que cette boutique partage une porte avec *Montgomery Ink*, le salon de tatouage familial géré par la femme de Jake, Maya, et le frère de cette dernière, Austin, ne l'inquiétait même pas. Elle n'était pas amoureuse de Jake et curieusement, elle était même devenue amie avec Maya. Cette femme était son véritable opposé et Holly n'en était que plus heureuse. La tatoueuse avait une bonne estime d'elle-même et aimait qui elle était. Holly n'allait pas laisser une ombre planer sur sa propre confiance en elle, puisque ces deux femmes n'étaient pas comme ça.

Bien sûr, être un peu plus... enfin, être simplement *plus* serait sympa.

Elle soupira et lava la vaisselle de son petit déjeuner, encore agacée contre elle-même. Elle détestait lorsque le doute montrait son horrible tête et cela l'énervait vraiment quand elle le laissait l'affecter. Elle n'était pas une séductrice sexy ou une dominatrice en cuir qui botte des fesses. Elle était elle-même, et cela lui convenait parfaitement.

Elle aimait ses vêtements. Elle appréciait sa gentillesse. Étant donné l'environnement dans lequel elle avait grandi, c'était surprenant qu'elle ne soit pas devenue une cosse vide et déprimée. À la place, elle essayait d'être serviable, souriait beaucoup parce qu'elle aimait ça et non parce que quelqu'un lui avait dit de le faire. Elle était juste... Holly.

Cela avait été suffisant pour elle depuis des années. Pourtant maintenant, elle voulait quelque chose de plus.

Holly souffla et attrapa ses clés. Elle enfila ses ballerines et passa son sac sur son bras en quittant la maison et montant dans la voiture. Rien ne clochait chez elle.

Ce n'était pas parce qu'elle rêvait d'un homme inconnu qu'elle n'avait pas dans sa vie qu'elle ne pourrait pas obtenir un tel mec. Elle avait eu Jake, pendant un petit moment, non ? Et elle n'allait certainement pas changer pour un homme.

Ajouter un peu de piquant pourrait tout de même être sympa.

Se lasser d'elle-même, même si elle *aimait* qui elle était, n'était pas la meilleure façon de vivre.

Elle laissa échapper un infime grognement et partit vers le centre-ville de Denver, encore tout agacée. Son esprit faisait cette même boucle familière, récemment, et elle détestait ça. Elle avait passé tant d'années à savoir comment elle allait renaître de ses cendres et devenir la femme qu'elle était maintenant, qu'elle méprisait à présent le fait de ne pas être réellement *heureuse* de la tournure des événements.

Et elle en avait assez. Elle alluma le poste et au lieu d'écouter le dernier audiolivre de son auteure de romance préférée, elle lança la station de radio locale. Secouant la tête et s'agrippant au volant, elle chanta à tue-tête, d'une voix vraiment fausse en se ridiculisant totalement. Mais elle s'en moquait. Même si elle était à un feu rouge et qu'il y avait des voitures autour d'elle, elle continua. Bien sûr, ce fut avant de jeter un coup d'œil au type sur la moto à côté d'elle.

Elle se figea, sa bouche s'asséchant à cause du sourire de l'homme. Il portait un casque, mais pas de visière, donc elle pouvait voir chaque courbe et chaque trait marqué de sa mâchoire, ainsi que la beauté de son regard qui semblait plonger dans le sien. L'amusement dans ses prunelles lui donnait envie de s'affaler sur son siège et de se cacher.

— Pourquoi vous avez arrêté ? cria-t-il.

Elle cligna des yeux.

Pourquoi pouvait-elle l'entendre par-dessus la musique ?

Oh. Mon. Dieu.

Elle leva les yeux vers le toit ouvrant qu'elle ne se souvenait même pas d'avoir enclenché. Elle avait agi en pilote automatique, et maintenant, elle voulait *vraiment* se planquer, n'importe où pour ne pas être là.

Attendez. Elle ne connaissait pas cet homme et ne le reverrait jamais.

Alors elle fit quelque chose qui ne lui ressemblait tellement pas : elle monta le volume de la musique avant de chanter à tue-tête une nouvelle fois, laissant le foutu toit ouvert comme une imbécile.

Il rejeta la tête en arrière et rit. Même si elle ne pouvait pas l'entendre, elle savait qu'il devait produire un de ces bruits rauques qui sortaient profondément de son torse, comme elle l'aimait. Pour une quelconque raison, elle savait que cet homme ne riait pas d'elle, mais *avec* elle. Elle secoua la tête, riant avec lui pendant qu'elle essayait toujours de chanter.

Lorsqu'il agita la main dans sa direction avant de s'éloigner, elle se secoua pour oublier ce qui venait de lui arriver et leva son pied de la pédale de frein.

Eh bien, il semblait qu'elle avait fait au moins une chose surprenante aujourd'hui. Cela devait compter pour quelque chose.

Lorsqu'elle se gara sur le parking derrière le salon de tatouage, elle attrapa rapidement ses affaires avant de contourner le bâtiment pour aller vers *Taboo*. Le parking était réservé aux amis et à la famille *Montgomery Ink*, avec également quelques places pour les clients. Des panneaux indiquaient que le stationnement était interdit sous peine d'appel à la fourrière. Curieusement, elle était devenue l'une des privilégiées qui avaient le droit de se garer là quand ils le voulaient. Elle ne le faisait que lorsqu'elle allait à *Taboo* ou au salon, et pas chaque fois qu'elle devait se rendre au centre-ville pour une quelconque raison. Maya et Austin lui avaient peut-être dit que ce n'était pas grave, mais elle ne se sentait toujours pas à l'aise à l'idée de le faire.

Son amie Arianna était déjà assise à une petite table près de la vitrine quand Holly arriva au café. Elle agita la main vers le comptoir où son autre amie la propriétaire de *Taboo* préparait un expresso. Hailey lui fit un signe, sa coupe au carré d'un blond platine dansant devant son visage tandis qu'elle se déhanchait au rythme de la musique qu'on entendait en fond. Hailey était sérieusement l'une des femmes les plus sexy qu'Holly avait jamais rencontrées, et si elle était honnête avec elle-même elle en était peut-être un peu jalouse. La jeune gérante était talentueuse, maligne et possédait sa propre entreprise, en plus d'être magnifique. Pas étonnant que Sloane, le grand tatoueur qui arborait également des dessins sur son corps, l'ait épousé.

Holly se retourna vers Arianna et sourit avant de s'asseoir.

— Pardon, je suis en retard.

Arianna secoua la tête, ses boucles dorées tombant en cascade sur ses épaules.

— J'étais en avance.

Elle baissa les yeux vers son téléphone avant de taper si rapidement sur l'écran qu'Holly pouvait à peine voir ses doigts clairement.

— Pardon. Des problèmes au travail.

Avec Arianna, il y avait toujours un problème au travail. Mais son amie était organisatrice de mariage et travaillait constamment. Au moins, Holly avait *parfois* des week-ends de libres, contrairement à Arianna.

— Ce n'est rien. Je sais que tu es occupée. Je

suis juste contente qu'on ait pu se retrouver pour le déjeuner.

Arianna leva les yeux et sourit avant de poser son téléphone sur la table.

— Moi aussi. Même si je vais peut-être devoir regarder mon portable une centaine de fois avant qu'on en ait fini.

Holly ricana et jeta un coup d'œil au menu. Elle était venue au moins cent fois, mais elle aimait toujours observer les alentours.

— Et c'est censé être différent de ce que tu fais d'habitude ? Comment ça ?

Son amie leva les yeux au ciel.

— Ferme-la. Bref, tu as une petite démarche joyeuse. Il s'est passé quelque chose d'intéressant ? Tu as trouvé un type sexy qui t'a mis la tête à l'envers ?

— Si seulement.

— Qu'est-ce que tu veux dire par « si seulement » ? demanda Hailey en avançant vers elles.

Elle posa un thé glacé à la pêche devant Holly et une eau aromatisée à la fraise pour Arianna. Elle connaissait toujours leur commande de boisson avant qu'elles ne la passent. C'était assez flippant, mais d'une manière mignonne.

Holly sourit.

— Tu me fais peur, parfois. On dirait que tu es voyante. Et, le « si seulement » c'était parce que je n'ai pas de mec en ce moment. Mais ce n'est pas grave, tu sais.

Hailey sourit doucement.

— Je sais. Mais nous voulons tous simplement que tu sois heureuse.

Tous.

Elle voulait parler des Montgomery et de tous ceux qui avaient été pris dans leur toile d'amis. Elle aimait les Montgomery et leur groupe, mais parfois, ils étaient un peu trop pour elle. Les regards bienveillants l'écrasaient légèrement.

Holly se mordit la lèvre et garda les yeux rivés sur le menu, mais cela ne fonctionne pas. Arianna posa sa main sur celle d'Holly et serra.

— Tu ne vas pas devenir comme tes parents, tu sais, chuchota Arianna. Tu n'es pas obligée de les laisser te définir.

Holly leva les yeux en les plissant.

— Je peux dire la même chose pour toi.

Arianna s'éloigna en acquiesçant.

— Alors, pour quelle raison cette soudaine gaieté ? demanda-t-elle en reculant.

— D'accord. Donc, ce matin, je me suis rendu

compte que j'avais besoin d'un peu plus de… oui, de gaieté, c'est le bon mot, dans ma vie. Je veux être un brin plus aventureuse sans être folle. Ne vous méprenez pas, j'aime qui je suis et je ne veux pas changer ça. Je ne veux pas modifier ma façon de m'habiller ou d'agir, mais ce serait sympa d'ajouter un peu de folie dans ma vie, un peu plus d'aventure. Je n'ai pas besoin de devenir une casse-cou ni quoi que ce soit, mais ce serait sympa de voir si je *pouvais* faire quelque chose.

Elle marqua une pause tandis que les deux autres femmes la regardaient fixement, de petits sourires sur le visage.

— Et en venant ici, je chantais à tue-tête, même si c'était faux, et je ne m'étais pas rendu compte que j'avais ouvert le toit. Un mec canon sur sa moto à côté de moi m'a remarquée et a ri. Mais ce n'était pas un rire moqueur, il m'encourageait plus à continuer.

Elle marqua une pause.

— Alors je l'ai fait.

— Tu ne chantais pas si faux, je dis ça comme ça.

Holly fit volte-face, faisant presque tomber son thé en même temps. Le motard tendit rapidement la main pour empêcher le verre de se renverser. Ce mouvement rapprocha dangereusement la chaleur de sa peau d'Holly.

— Qu'est-ce que… Comment saviez-vous que je serais ici ?

Elle déglutit difficilement. Elle détestait les coïncidences et celle-là semblait un peu trop bizarre.

— C'était toi ? demanda Hailey en souriant. J'aurais dû savoir que le mec sur la moto disant aux gens de chanter et ayant un comportement génial devait être toi. Holly, voici Brody. Brody, voici Holly. C'est un client régulier de la boutique et un ami des Montgomery. Je suis surprise que vous ne vous soyez pas rencontrés avant.

— Moi aussi, je le suis, murmura-t-il.

Holly resta plantée là, confuse.

— Bref. J'ai aimé que tu chantes comme si personne ne te regardait, déclara-t-il d'une voix traînante.

Bon sang. Il avait une *voix traînante*. Non seulement il avait un *très* beau visage avec des lèvres parfaites et une mâchoire idéale, mais il avait également des cheveux plus longs en haut que derrière ou sur les côtés. Alors quand il leva le bras pour repousser les mèches devant ses yeux, cela fit gonfler ses biceps de la bonne façon.

Cet homme était dangereux.

Eh oui… Holly venait juste de dire qu'elle voulait un peu de danger.

— Merci. Je crois ?

Il étudia son visage un moment avant de mettre les mains dans ses poches.

— Je ne voulais pas que tu te sentes mal. Désolé, si c'est le cas.

Holly était consciente qu'Hailey et Arianna les regardaient avec une attention captivée, mais elle les ignora toutes les deux.

— Je ne me sens pas mal à cause de toi. C'est le contraire, en fait.

Brody lui sourit alors et son cœur eut cette petite pulsation qui, d'après elle, n'arrivait que dans les films. Bien que Brody soit beau, en général, son sourire le rendait encore plus magnifique.

Nom de Dieu. Cet homme était comme un buffet sexuel à volonté.

— C'est bon à savoir, répondit-il doucement.

Sa voix devient plus rauque.

— Et si tu veux tester ton envie d'aventure à l'arrière de ma moto, puisque j'ai vu la façon dont tu la regardais, dis-le-moi.

Il sourit.

— Je serais à la boutique si ça t'intéresse, une

fois que tu auras fini ton déjeuner. Ravi de t'avoir rencontrée, Holly.

Il fit un signe de tête vers les autres.

— Mesdames.

Et sur ces mots, il s'en alla, partant vers *Montgomery Ink*. Les yeux d'Holly étaient rivés sur ses fesses bien fermes coincées dans un jean parfaitement moulant.

Mais qu'est-ce qu'il vient de se passer ?

Une minute, elle pensait à une aventure. La suivante, cet homme sortait de nulle part et atterrissait pratiquement sur ses cuisses.

— Oh, bon sang, dit Hailey dans un soupir. On dirait que Brody a aimé poser les yeux sur toi.

Holly se tourna vers son ami.

— Non, c'est faux. Il était juste gentil.

Arianna ricana.

— Il n'y avait rien de gentil là-dedans. Il n'y avait que du sexe enveloppé dans un caramel crémeux. Si tu dis que tu cherches une aventure, ce Brody serait peut-être celui qui pourrait t'aider.

— Et au cas où tu t'inquièterais à propos de lui, ne le sois pas, intervint Hailey. C'est un type bien, et pas un de ces gars flippants qui font semblant d'être bons.

Elle marqua une pause.

— Mais si tu es sérieuse à l'idée de trouver quelque chose de nouveau et de sympa, Brody peut être l'homme parfait.

Holly regarda fixement ses amies, confuses et un peu soucieuses. Lorsqu'elle avait parlé d'aventure et d'être différente, rien que pour un moment, elle n'avait pas pensé à un homme.

Mais pour une quelconque raison, elle n'arrivait pas à se sortir Brody de la tête.

Et cela pouvait être dangereux.

Chapitre 3

Chapitre 2

BRODY DEACON ENTRA dans *Montgomery Ink* et ne put s'empêcher de sourire. Les bruits de vibration des machines et des artistes en plein travail l'apaisaient. Il s'était trouvé dans l'une des chaises de ce salon à de nombreuses reprises auparavant, pour son tatouage, et il savait qu'il en referait un bientôt. Chaque personne tatouait différemment et bien que certains clients aient envie que le même artiste fasse tous leurs dessins, Brody avait une autre vision des choses.

Il aimait la façon dont les personnes dans cette

pièce avaient créé son œuvre en équipe. Ils avaient tous leurs forces et leurs faiblesses, et s'assuraient d'avoir les meilleurs des meilleurs. Cela aidait que l'équipe de *Montgomery Ink* soit composée des artistes les plus talentueux du pays.

Les propriétaires, Austin et Maya étaient réputés dans le monde entier et avaient des listes d'attente de plusieurs années. Brody était vraiment chanceux qu'ils aient pu travailler sur lui.

Cependant, aujourd'hui, il n'était pas là pour un tatouage. Il avait pris une journée de congé pour aider l'équipe, puisqu'ils s'étaient tant donnés en posant l'encre sur sa peau.

— Tu es là, cria Maya. Il était temps.

Il leva les yeux au ciel et se pencha pour l'embrasser sur la joue. Elle lui lança un regard noir, mais il vit sa bouche se tordre.

— Je pense que ton nouveau slogan devrait être « il était temps », tellement je l'entends.

Elle lui adressa un doigt d'honneur. Les autres artistes dans la pièce (Austin, Callie, Derek, Brandon, Blake et Sloane) se mirent à rire.

— Il t'a bien cernée, déclara Austin en souriant.

— Fais attention à ce que tu dis, Brody, le prévint Callie avec un grand sourire. Elle est prête à te frapper.

— Je lui tiendrai bien tête, mais elle va probablement me taper, répondit Blake. Et puis Graham ne serait pas content si je venais avec un œil au beurre noir.

Maya leur fit un doigt d'honneur à tous, utilisant ses deux mains avant de rire. Puisqu'ils étaient malins, Derek, Brandon et Sloane restèrent silencieux. Quand Maya pétait un câble, il valait mieux agir comme si vous étiez en présence d'un ours dans les bois. Vous deviez avoir l'air innocent et faire comme si vous n'étiez pas là avant de reculer lentement.

Ou peut-être que vous étiez censés avoir l'air grands et puissants contre un ours ?

Faire le mort ?

Bon sang, il ne s'en souvenait plus et il nota mentalement de tout vérifier plus tard.

Maya claqua des doigts devant son visage et il cligna des yeux, son esprit se concentrant à nouveau sur le présent et non pas le long chemin sinueux qu'il venait de parcourir.

— Tu es là, Brody ?

— Je suis là, chérie. Dis-moi simplement où tu veux que je me place.

— Un jour, Jake et Border vont te botter le cul, dit Austin, les bras croisés sur son large torse.

Cet homme était *grand*, barbu et il avait toujours un air grognon. Heureusement, le mariage et les enfants l'avaient quelque peu calmé. *Quelque peu.*

— Les maris de Maya pourraient probablement avoir le dessus sur moi, plaisanta Brody.

Maya n'avait pas seulement épousé un, mais *deux* hommes barbus. Elle se disait qu'ils avaient bien besoin d'être deux pour la gérer. Non pas qu'elle ait besoin qu'on la gère puisqu'elle était une femme forte, confiante et tout ça. Génial. Maintenant, il parlait comme un crétin sexiste alors qu'il n'en avait pas eu l'intention. Encore qu'il l'avait pensé.

Bon sang, son esprit continuait de prendre des routes étranges. Peut-être avait-il bu trop de café.

Ou peut-être qu'il était un peu ébranlé après avoir rencontré la jolie blonde non pas une, mais deux fois dans la même journée.

— Ils pourraient, déclara joyeusement Maya. Mais après tout, moi aussi. Bref, Alex a envoyé quelques-unes des photos qu'il a prises de toi et de ton tatouage à la salle de sport, je me suis dit qu'on pourrait les parcourir et voir de quoi d'autre nous avons besoin avant de faire un book. Alex serait bien venu, mais Tabby et lui avaient prévu un week-end en amoureux.

Alex était le frère cadet de Maya et Austin. Il était photographe. Il était également l'ami de Brody et son partenaire à la salle de sport. Puisqu'il y avait huit Montgomery dans le coin et environ mille autres dans l'État, il s'était dit que ce n'était pas trop étrange de devenir ami avec l'un d'eux.

— Ça m'a l'air bien.

Il suivit Maya à l'avant du magasin, dans l'espace d'attente, une fois qu'elle eut pris son ordinateur portable.

— Je pensais que nous pouvions nous asseoir là, au lieu du petit bureau. J'ai une petite pause entre deux clients et ces canapés en cuir sont confortables.

Il sourit et s'assit à côté d'elle.

— Tu veux que je charge les photos ?

Elle lui lança un regard noir et lui tendit l'ordinateur portable.

— Il est hors de question que *moi*, j'admette ne pas savoir faire quelque chose sur un ordinateur.

— Bien sûr, chérie, si tu le dis, chantonna Derek.

Apparemment, l'autre homme n'allait pas faire comme si Maya était un ours dans la forêt, après tout.

La jeune femme lui fit un doigt d'honneur sans

se tourner vers lui, puis lança un regard noir à Brody.

— Tu as quelque chose à dire ?

— Pas un mot.

Il démarra rapidement l'ordinateur et, heureusement, elle avait laissé la fenêtre ouverte, donc il n'avait pas besoin de chercher son e-mail ni rien.

Ils parcoururent tous les deux les photos, et il ne put s'empêcher d'admirer le travail d'Alex. Oui, c'était sacrément étrange de voir des photos de son propre corps, encore et encore, mais le travail qui avait été mis dans son tatouage, tout comme dans les photos en elles-mêmes, était juste génial.

— Vous êtes doués, murmura-t-il.

— Les meilleurs.

Elle n'était pas timide, cette Maya. Et il ne saurait pas quoi faire si elle l'était.

Mais il y avait une *femme* timide qu'il aimerait connaître davantage. Et puisque Holly connaissait apparemment l'équipe des Montgomery, il ferait aussi bien de lui poser la question.

— Alors, qu'est-ce que tu sais de Holly ?

Maya se figea.

— Holly ? Mon amie et l'ex de Jake ?

Eh, merde. C'était de là qu'il connaissait le nom. Jake était un jour sorti avec Holly avant de tomber amoureux de Border et Maya. Cela pouvait devenir problématique.

— Peu importe, répondit-il rapidement.

Maya lui lança un regard noir.

— Brody.

— Ce n'est rien, Maya.

Et ce ne serait effectivement rien, parce qu'un mec ne se mêlait pas des histoires d'ex. Jamais.

— Elle est célibataire, poursuivit Maya. Et gentille. Et attentionnée. Jake n'en pince plus pour elle, si c'est ce qui t'inquiète.

Ce fut à son tour de la fusiller du regard.

— C'est bon, Maya.

— Bien sûr, confirma-t-elle. Et c'est pour ça qu'Holly entre dans la boutique, maintenant.

Il écarquilla les yeux et se retourna rapidement sur son siège, sans faire preuve de sa délicatesse habituelle.

— Salut, dit-il d'une voix rauque.

Il se leva pour être face à elle.

Holly lui sourit et fit un petit signe de la main à Maya.

— Est-ce que la proposition de tour en moto est toujours valable ?

Surpris et sachant que tout le monde le regardait, il acquiesça lentement.

— Oui. Si tu veux.

Elle roula des épaules, comme si elle s'était préparée. Bon sang, il aimait sa détermination, c'était certain.

— J'aimerais bien. Tu sais. Chevaucher ta moto. Si tu en as toujours envie.

Il sourit alors, conscient que Maya était juste derrière lui, lançant probablement des éclairs… ou souriant comme un chat ayant attrapé un canari. Il n'était honnêtement pas certain de ce qu'elle faisait.

— Je crois que je peux le faire. Ce soir, ça te va ?

Elle souffla.

— D'accord.

Elle se secoua.

— Oui. Et merci. Je pense… Je pense que ça va être amusant.

— Chérie, ça va être plus qu'amusant.

Ils échangèrent leur numéro et il lui promit de l'appeler plus tard. Holly fit un signe de la main à tout le monde avant de se précipiter à nouveau dans le café.

Brody baissa les yeux vers le numéro sur son téléphone et soupira. Il venait juste de dire qu'il n'allait pas faire ça, mais apparemment, il n'avait pas la force de s'y tenir.

Derek avança pour se placer devant lui, tandis que Maya étudiait son profil.

— Tu vas bien ? demanda son amie.

— Bien sûr. Pourquoi ça n'irait pas ?

Maya se contenta de le regarder.

Brody mit son téléphone dans sa poche et lança un regard noir à tout le monde ou presque, désormais agacé.

— Quoi ? Je ne vais pas lui faire de mal. Bon sang. Elle a dit qu'elle voulait faire un tour en moto et je vais lui faire prendre son pied.

Il grogna quand l'air furieux de Maya s'intensifia.

— Pas dans ce sens-là, bon sang. Je ne suis pas un salaud. Je ne fais pas de mal aux femmes.

— Bien, parce que Jake va te tuer si tu lui fais du mal, intervint Derek.

Brody jura.

— Je croyais que tu avais dit qu'il ne l'aimait pas, dit-il à Maya.

Celle-ci haussa le menton.

— Bien sûr. Mais c'est son amie. Elle est *mon* amie, aussi. Alors, ne fais pas de conneries avec elle.

— Je ne fais pas de conneries avec les femmes, grogna-t-il. Vous savez quoi ? Je crois que j'en ai assez pour aujourd'hui. Je ne sais pas ce qui vous a donné l'impression que j'étais un genre d'homme à femmes qui choisit ses conquêtes comme si elles étaient des bonbons, mais peu importe. Je ne suis pas quelqu'un de mauvais.

Il n'avait simplement pas de relation sérieuse et ne restait jamais avec la même copine très long-temps. Mais tout le monde savait ça et personne n'en était blessé à la fin. C'était mieux ainsi, bon sang. Il ne savait faire que ça.

— Nous n'avons pas dit que tu en étais un, lui répondit Derek. Mais Holly est sympa.

Et lui, il ne l'était pas ? Eh bien, qu'ils aillent tous au diable. Sans un mot, Brody sortit du salon, agacé contre lui-même puisqu'il s'était mis dans cette situation. Il avait déjà commis une erreur ici, en draguant Hailey. Mais honnêtement, il l'avait fait uniquement pour que Sloane prenne conscience que d'autres personnes mataient la pâtissière sexy de la boutique d'à côté. Sloane et Hailey étaient mariés, désormais, donc celui-ci ne menaçait plus de le tabasser.

Mais maintenant, il gâchait tout encore une fois, apparemment, en se coinçant dans une situation délicate dont il n'était plus certain.

Pourtant, il y avait quelque chose chez Holly… quelque chose qui devrait l'inquiéter.

Au lieu de ça, il lui envoya un rapide message, lui demandant où il devrait passer la prendre et lui disant ce qu'elle devrait porter pour être à l'arrière de la moto. Que tout ça aille au diable. Il découvrirait ce qu'il était en train de faire en chemin. Parce qu'Holly était spéciale et juste une fois, Brody voulait voir s'il était spécial également.

PLUS TARD CE SOIR-LÀ, Brody se gara devant le cottage d'Holly et éteignit le moteur de sa moto. Il enleva son casque et secoua ses cheveux, nerveux, comme s'il était un gamin venant chercher son rendez-vous pour le bal de promo du collège. Même pas du lycée, puisqu'il se disait qu'il était déjà plus mature à l'époque.

Non pas qu'il soit allé à l'un ou l'autre des bals de promo, mais bref.

Et une fois encore, son esprit s'était aventuré dans des endroits étranges.

Il descendit de sa moto et s'assura que les deux casques étaient sécurisés avant de monter sur le trottoir pour rejoindre sa porte d'entrée. Il espérait que c'était une bonne idée. Il ne voulait pas tout gâcher, mais il ne pouvait pas *ne pas* l'emmener faire un tour ce soir. Les autres pensaient peut-être qu'il n'était pas assez bien et qu'il devait être prudent, mais ils n'étaient pas là.

Il leur montrerait qu'il n'était pas un play-boy imprudent qui jetait les femmes à tour de bras. Bien sûr, il flirtait. Beaucoup. Bien sûr, il avait eu des petites amies. Suffisamment. Bien sûr, il n'avait jamais eu de relation sérieuse. Mais il n'était pas un homme à femmes. Ce n'était pas un crétin. Il ne couchait pas avec toutes celles avec qui il avait un rencard, et il ne les jetait pas quand il en avait fini avec elles. Ils s'en allaient en même temps, mutuellement satisfaits et en ayant fini avec la relation.

Il ne voulait pas penser qu'Holly pouvait être différente.

Il n'arrivait pas à y songer.

Brody frappa à la porte et prit une inspiration lorsqu'elle l'ouvrit. Elle se tenait là, ses doux cheveux blonds flottant juste en dessous de ses épaules. Elle écarquillait les yeux, d'un air légèrement innocent avec un éclat de quelque chose d'autre qu'il voyait dans leurs profondeurs. Pour une quelconque raison, il pouvait l'imaginer avec des fleurs dans ses cheveux, dansant sous le soleil.

Et ce fut à ce moment-là qu'il sut qu'il devenait fou.

Des fleurs dans ses cheveux ? Vraiment ? Il

n'était pas un foutu poète et ça ne lui ressemblait *tellement* pas. Peut-être qu'il aurait dû dire non et n'aurait même pas dû lui proposer de l'emmener faire un tour.

— Brody ? Ça va ce que je porte ? Je peux me changer si nécessaire. Je ne savais pas à quel point il ferait frais ce soir, si nous allions manger un morceau, ou faire autre chose. Généralement, je suis une meilleure planificatrice, mais visiblement je me laisse un peu porter par le vent, apparemment.

Il cligna des yeux et baissa les yeux pour l'observer entièrement. Elle portait une veste en cuir d'un marron foncé par-dessus un haut qu'il ne pouvait voir, ainsi qu'un jean moulant qui collait à chacune de ses courbes sexy. Et bon sang, elle avait les plus belles courbes. Parfaites pour s'y accrocher alors qu'il se glissait dans sa chaleur mouillée. Il s'éclaircit la gorge en observant ses bottes marron assorties et leva à nouveau les yeux vers son visage.

— Tu es belle.

Cette déclaration sortit tel un grognement et il écarquilla les yeux.

— Euh, merci. Tu es beau aussi.

Elle sourit doucement, et il se détendit légèrement alors que son sexe se durcissait. Ouais, c'était peut-être une erreur, mais cela valait la peine de la commettre.

— Alors, j'ai pensé qu'on pouvait faire un tour dans la carrière pour que tu puisses voir les lumières et que tu comprennes comment on se sent à l'arrière d'une moto. Ensuite, on peut aller manger un morceau si tu veux.

Elle se lécha les lèvres et il riva directement ses yeux vers elles. Merde.

— Ça me semble bien.

Elle laissa échapper un soupir.

— Je sais que c'est fou, mais je voulais juste faire quelque chose de différent, tu vois ? Et je ne suis jamais sortie avec des hommes, sur un coup de tête, surtout avec quelqu'un que je viens juste de rencontrer, mais les autres te connaissent, donc je me suis sentie… je ne sais pas, plus en sécurité.

Il lui sourit alors et tendit la main.

— Je ne vais pas te faire mal, Holly. Je veux m'assurer que tu puisses faire ce que tu veux, mais que tu as peut-être peur d'accomplir.

Il savait ce que c'était d'être effrayé, et il ne souhaitait pas ce genre de vie pour elle.

Elle glissa sa petite main dans la sienne.

— C'est tellement bizarre, mais honnêtement, j'ai hâte.

Il rit et l'attira vers lui, sur le perron.

— On m'a déjà qualifié de bizarre avant, donc ce n'est rien.

Elle grimaça.

— Je voulais parler de la situation. Pas de toi. Enfin, tu pourrais être étrange sans que je le sache. Ça craint. Et c'est la raison pour laquelle je m'apprête à monter à l'arrière de ta moto sans avoir aucune idée de ce que je fais. Parce qu'aujourd'hui a été une folle journée.

— Ne m'en parle pas. Ferme la porte et allons-y. J'ai l'impression qu'une fois que tu ressentiras le vent sur ton visage et la moto sous toi, toutes tes inquiétudes disparaîtront.

Du moins, c'était ainsi que cela fonctionnait pour lui.

— Je l'espère.

Dès qu'elle verrouilla la porte, il la guida vers la Harley.

— Laisse-moi t'aider avec le casque.

Elle acquiesça alors qu'il s'assurait qu'il lui aille bien et que les attaches soient suffisamment serrées sous son menton.

— Ça va ?

Elle hocha une nouvelle fois la tête, et il lui tendit une paire de lunettes spéciales pour la nuit qui l'empêcherait d'être éblouie et protégerait ses yeux du vent.

— Je vais monter, tu mettras une main sur mon épaule et tu balanceras ta jambe par-dessus pour chevaucher la moto derrière moi.

Elle fit comme il le lui indiqua, et il tenta de retenir un grognement en sentant son corps chaud appuyé contre le sien. Cette virée allait peut-être simplement le tuer.

— Maintenant, passe tes bras autour de ma taille.

Elle le fit et se mit à rire.

— Eh bien, si ce n'est pas une bonne façon de pousser les filles à te serrer, je ne sais pas ce que c'est.

Il lui fit un clin d'œil par-dessus son épaule et lui tapota les mains.

— Tu le sais, chérie. J'ai juste vraiment envie que tu sois collée à moi.

Elle leva les yeux au ciel et rit.

— Peu importe, Brody.

Il expliqua où ils allaient ainsi que quelques autres trucs qu'elle avait besoin de savoir.

— Tiens-toi bien, dit-il en souriant.

Toutefois, il était sérieux. Elle le serra et il retint un autre grognement. Oui, cette femme allait le tuer et peut-être qu'il aimerait ça. Il démarra le moteur de la moto et elle s'exclama légèrement, mais n'eut pas l'air alarmée pour autant.

— Prête ? cria-t-il.

Elle lui tapota le dos avant de joindre ses mains à nouveau.

— Prête !

Ils partirent.

Jusqu'à la fin de ses jours, il se souviendrait des bruits de pur bonheur et d'émerveillement qu'elle émit alors qu'il roulait sur les routes résidentielles. Elle le serrait fermement quand il allait plus vite, avant de se mettre plus à l'aise. La nuit était absolument parfaite pour ce genre de virée, puisqu'elle pourrait voir les étoiles en levant les yeux, dès qu'ils s'éloigneraient des lumières principales de la ville.

Ils roulaient depuis presque une heure lorsqu'il s'arrêta en haut d'une grande colline à côté des contreforts des Rocheuses. Ce serait une vue parfaite pour elle et cela lui donnerait le temps de s'étirer puisqu'elle n'était pas habituée à faire de la moto ainsi.

— Alors, qu'est-ce que tu en penses ? demanda-t-il en l'aidant à descendre.

Elle se frotta les fesses et rit.

— Je vais avoir des courbatures, mais elles ne pourraient pas être meilleures.

L'esprit du jeune homme divagua une fois encore vers des pensées obscènes et lorsqu'il la vit rougir, il se dit qu'elle envisageait la même chose.

— Tu t'es amusée ?

Elle acquiesça et jeta un coup d'œil vers l'étendue sauvage, son regard enchanté.

— Oui, je veux dire, c'est, *waouh*. J'ai connu des gens qui avaient des motos, je suis même sorti avec un type qui en avait une, mais nous n'avons jamais fait un tour avec à cause de la neige, du travail et de toutes les autres excuses qu'il pouvait trouver.

Elle parlait probablement de Jake, et curieusement, cela l'agaçait. Il n'était pas enclin à la jalousie, mais pour le moment, il ne voulait pas qu'elle pense à son ex.

— Tu veux recommencer ? demanda-t-il d'une voix aussi basse qu'un grognement.

Elle lui jeta un coup d'œil et acquiesça.

— Refaire un tour en moto ? Oui. Refaire un tour de moto avec toi ?

Elle marqua une pause.

— Oui. Enfin, si tu en as envie.

Sachant qu'il était peut-être en train de faire quelque chose de stupide, il se tourna vers elle et prit son visage en coupe. Elle se lécha les lèvres une fois et il lui fallut toute la volonté du monde pour ne pas l'embrasser immédiatement.

— Dès que tu as envie de faire un tour, tu n'as qu'à me le demander.

Une autre chose lui vint à l'esprit et il prononça ses prochaines paroles sans même y réfléchir.

— Et, Holly ? Je veux t'en montrer plus. Je ne veux pas uniquement que tu fasses un tour de moto avec moi. Je veux que tu vives toutes les aventures dont tu parlais. Tu devras me les expliquer un peu, mais je veux te montrer des choses. Que tu t'amuses et que tu fasses simplement ce que tu n'as jamais fait avant. Tu veux bien me laisser faire partie de ce défi que tu te lances ? Tu veux bien que je prenne part à cette aventure ?

— Pourquoi fais-tu ça ? souffla-t-elle.

— Je ne sais pas exactement pourquoi, répondit-il honnêtement. Mais j'en ai envie. C'est suffisant ? Du moins, pour l'instant ?

— Je crois… Je crois que c'est exactement ce dont j'ai besoin.

Il baissa la tête pour que ses lèvres soient précisément au-dessus des siennes.

— Et ça ? Qu'est-ce qu'on fait de ça ?

— Je crois que tu dois me le montrer pour que

je sois certaine.

Cette femme qui cherchait le frisson avait peut-être plus en elle que l'innocence qu'elle trahissait, et c'était parfait pour lui.

Il retint son rire et l'embrassa. Ses lèvres étaient douces et lisses sous lui. Tout ce qu'il voulait, c'était l'approfondir et continuer, mais il lutta contre le besoin d'en avoir plus pour poser son front contre le sien.

— Et maintenant ?

— Je pense que c'est une aventure qu'on peut éliminer de la liste.

Il rit.

— Mais si j'ai envie de réessayer ?

— C'est en forgeant qu'on devient forgeron, non ?

Alors il l'embrassa à nouveau, conscient qu'il pourrait commettre une autre erreur, mais s'en moquant. Il s'assurerait qu'elle vivait le meilleur moment de sa vie et en même temps, il aurait l'occasion de passer du temps avec elle.

Une fois de plus, il espéra simplement que ce n'était pas une bêtise. Parce que s'il y avait une chose pour laquelle Brody Deacon était doué, c'était empirer la situation quand il ne le voulait pas.

Chapitre 4

Chapitre 3

APPAREMMENT, Holly avait sauté à pieds joints sans même regarder où elle allait. Elle n'avait pas voulu embrasser Brody, la veille au soir, elle n'avait pas prévu de *continuer* de l'embrasser jusqu'à ce qu'ils soient tous les deux à bout de souffle et appuyés l'un contre l'autre comme s'ils étaient collés avec de la super glue.

Holly posa sa tête contre le mur de la salle de bain, et soupira. Elle devait prendre une douche rapide et se rendre chez Maya, mais tout ce dont elle avait envie, c'était de se blottir à nouveau dans le lit et de rêver davantage d'un certain mécanicien et motard à cause duquel son corps s'emballait.

Aller en rendez-vous avec un homme qui était presque un inconnu, s'asseoir à l'arrière de sa moto, et l'embrasser sous une couverture d'étoiles parfaites ne lui ressemblait pas du tout.

Et peut-être que c'était le but, non ?

Elle avait voulu un peu de changements, une petite aventure, et bon sang, Brody lui en avait apporté à la pelle. Mais, comme toujours, Holly s'inquiétait. C'était ce qu'elle faisait constamment. Elle se tracassait, se mordillait la lèvre, faisait des listes de pour et de contre et s'éloignait inévitablement des choses ou des *gens* qui non seulement pouvait lui faire du mal, mais se blesser eux-mêmes. Elle ne pouvait s'en empêcher, étant donné la façon dont elle avait été élevée, peu importait à quel point elle essayait de changer cela, visiblement, elle n'arrivait pas à s'y tenir.

Brody avait affirmé qu'il lui monterait plusieurs choses, et dès qu'elle avait arrêté d'avoir l'esprit mal placé, elle s'était dit que c'était peut-être la vérité. Ses amis lui faisaient confiance et l'avaient même poussé à dire *oui* au café. Brody connaissait l'équipe de *Montgomery Ink* et celle-ci continuait de l'accueillir au salon, donc cela devait compter pour quelque chose. Si Maya, Austin ou l'un des autres n'avait pas foi en lui ou l'impression qu'il était une personne décente, alors ils ne travailleraient pas sur ses tatouages. Ils avaient assez de demandes de rendez-vous pour pouvoir les choisir et, apparemment, Brody avait passé le test.

Donc peut-être que sortir avec lui n'était pas aussi dangereux qu'elle l'avait cru au début. Tant qu'elle ne tombait pas amoureuse de lui ou ne s'imaginait pas qu'il y avait quelque chose de plus sérieux que leur relation dans laquelle il lui montrait comment se lâcher, tout irait bien.

Seulement, Holly ne pouvait avoir d'aventures sans lendemain et elle avait peur qu'il finisse par se comporter en idiot.

— Merde.

Elle s'éloigna du mur et se débarrassa de son pyjama. Elle allait être en retard chez Maya et elle voulait *évidemment* éviter la colère de la Tatouée.

Holly se doucha rapidement, sachant qu'une fois qu'elles en auraient fini avec leurs plans pour la journée, elle aurait besoin d'une autre douche, de toute façon, mais elle avait vraiment besoin d'éliminer le sommeil dans son regard. Un jour, elle pourrait dormir jusqu'à midi et ce jour-là serait glorieux. Mais pour l'instant, elle voulait s'assurer que ses journées soient remplies de plans avec ses amis puisqu'elle n'arrivait pas à les voir très souvent pendant l'année scolaire.

Une fois qu'elle fut propre, elle enfila ses affaires de sport et attrapa son sac où elle avait déjà rangé ses vêtements de ville, d'autres choses dont elle aurait peut-être besoin, ainsi qu'une bouteille d'eau. Maya tentait encore de perdre ses derniers kilos pris pendant la grossesse, et Holly voulait manger une part de gâteau, plus tard, donc elles essayaient de faire du sport ensemble au moins une fois par semaine. Elle en faisait ensuite toute seule deux fois de plus par semaine, mais ces séances étaient un peu plus plaisantes parce que Maya et elle n'avaient pas une aussi bonne coordination qu'on pourrait le penser et elles trébuchaient, ce qui les amusait bien.

Elle espérait simplement que les maris de Maya, Jake et Border, ne seraient pas là cette fois-ci. La dernière fois avait été humiliante quand elle était tombée sur les fesses juste devant eux tandis qu'ils jouaient avec bébé Noah.

Son téléphone vibra lorsqu'elle partit vers la porte et elle s'arrêta pour regarder le message qui venait d'arriver.

Brody : *Ça marche toujours pour demain ?*

Elle se mordit la lèvre en répondant. Elle ferait

peut-être tout aussi bien de continuer. Elle était allée jusqu'ici. S'il lui demandait de faire toutes ces choses, c'était parce qu'elle avait besoin d'un changement. Elle ne pouvait plus reculer maintenant.

Holly : *Oui. Tu vas me dire ce qu'on fait ?*

Brody : *C'est une surprise. Mais apporte un maillot de bain.*

Holly fronça les sourcils. Un maillot de bain. Vraiment ? Pourquoi avait-elle donné son accord ? Et même s'ils s'étaient (beaucoup) embrassés la veille au soir, cela ne signifiait pas qu'elle était prête pour qu'il la voie en maillot ou pour qu'elle dévoile autant de peau.

Brody : *Je te promets que je n'ai aucune arrière-pensée diabolique. Tu peux porter un grand vêtement qui te couvre, si tu veux.*

Elle souffla. Elle voulait de l'aventure, non ? Du changement ? Elle souhaitait que les choses soient… plus. Alors elle *devrait* sauter à pieds joints et dire oui.

Holly : *À plus tard.*

Elle marqua une pause avant de sourire comme un chat qui venait de se remplir la panse de lait. Elle pouvait y arriver. Elle pouvait flirter et faire sortir la diablesse qui était en elle, même si elle la couvrait d'un cardigan et la dissimulait avec un petit sourire.

Holly : *Et je ne vais peut-être pas du tout apporter de maillot de bain. Si j'aime être… nue ?*

Brody : *J'ai grogné tellement fort que les mecs du garage pensent que je suis en train de me branler sous cette voiture. Merci bien. À demain, madame je-veux-des-frissons.*

Holly : *À demain.*

Elle rangea le téléphone dans son sac et monta dans la voiture pour partir chez Maya. Elle pouvait commettre une énorme erreur, mais elle pouvait tout aussi bien s'amuser en le faisant.

N'est-ce pas ?

— JE VAIS MOURIR, haleta Maya. J'espère que le gâteau en vaut la peine.

Holly aurait bien répondu à son amie, mais elle pouvait à peine respirer.

— *Pied gauche, pied droit, on glisse. On est prêt à se pencher en avant, et un squat. On se penche en avaaaant et un squat.*

— Je déteste Shaun T.

La voix de Maya était plus comme une toux, mais Holly comprenait. Elle haïssait cet homme et ses abdominaux parfaits, aussi.

Lorsqu'elles passèrent à un autre mouvement, ce fut plus un étirement qu'un entraînement cardio. Holly respira profondément sachant que ses poumons tentaient de s'enfuir de son torse. Elle pouvait imaginer ces deux petits salauds s'agripper à sa cage thoracique en lui criant « *à l'aide ! On essaie de nous kidnapper* » !

Qu'ils étaient maléfiques ces poumons.

— Pourquoi est-ce qu'on fait ça ? s'enquit Holly. On ne suit même pas le bon rythme. On est censé faire cette monstruosité douloureuse genre six jours par semaine. Deux fois le vendredi !

Maya trembla pendant son étirement et jeta un regard noir à la femme parfaitement tonique à la télévision. Shaun T était peut-être celui qui parlait, mais il avait quatre assistants, dont deux femmes magnifiques qui sautaient dans tous les sens dans une tenue en élasthanne.

— Parce qu'on avance lentement pour arriver à ce rythme-là. Les hommes en sont déjà au dernier cycle, tu sais. Border et Jake n'ont même pas *besoin* d'ajouter une rangée à leurs abdominaux, ils sont déjà sexy et musclés. Ils finissent en sueur, drogués aux endorphines après leur séance de sport.

Holly ricana.

— Alors tu te sers de *leurs* séances de sport pour transpirer un peu toi aussi ?

Maya sourit.

— Et laisse-moi te dire… on dure bien plus longtemps que les vingt-cinq minutes qu'il faut pour faire un de ces trucs.

Holly rit tellement qu'elle trébucha et finit sur les fesses. Encore.

— Ô, grâce, ton deuxième nom est Holly, marmonna-t-elle.

Maya rit également avant de s'asseoir par terre. Heureusement, la séance de sport était terminée, mais Holly n'était pas sûre de pouvoir se relever pour s'enthousiasmer.

— Peut-être qu'on aurait dû commencer avec une séance un peu plus facile ? demanda Maya avant de se coucher sur le dos.

— Il n'y aurait rien eu d'amusant là-dedans, si ? siffla Holly.

Curieusement, elle retrouva assez de force pour ramper jusqu'à son amie et s'allongea à côté d'elle. Il était plus commode de parler quand elle n'avait pas à le faire d'aussi loin. Vous savez, les soixante centimètres qui les séparaient avant ?

— C'est l'une des choses que tu as mises sur ta liste de frissons ? Enfin, même si j'aime que tu sortes de ta zone de confort et que tu t'amuses avec ça, ou du moins que tu aies envie de le faire, je ne sais pas si mes poumons et mes cuisses peuvent le supporter. Nom de Dieu, cet homme aime les squats.

Holly se frotta les fesses et grimaça.

— Je hais les squats, mais je veux un postérieur comme celui d'Autumn. Ce n'est pas juste qu'elle ait des fesses si parfaites.

— La femme de mon frère est idéale à tous égards et je la déteste. Enfin, je l'aime et je ferais n'importe quoi pour elle, mais elle est si magnifique et merveilleusement musclée que ça m'énerve.

Holly lança un regard noir à Maya.

— Excuse-moi, madame J'ai Les Bonnes Courbes. Ne me parle pas de cul puisque tu en as un beau et que le mien est aussi plat qu'un pancake. Je n'arrive même pas à retenir mon jean avec mon derrière. Mes hanches et mon ventre le font à sa place.

— Mon cul est un produit de tout le gâteau que j'ai mangé pendant que j'étais enceinte de Noah.

Maya marqua une pause.

— Et bon sang. J'ai envie de gâteau.

Le ventre de Holly gronda.

— Si c'est un cake aux courgettes avec beaucoup de fruits, ça pourrait être une gourmandise d'après séance de sport.

Maya se tourna et plissa les yeux.

— Alors on va juste ignorer le glaçage à la crème ?

Holly acquiesça.

— Nous faisons ce que nous devons au nom du gâteau.

Maya rit et se releva.

— Aïe. Mes abdos sont douloureux et ce n'était même pas la partie principale de la séance. Je vais mourir quand on y arrivera.

— Je me rends compte que le cake n'est pas la meilleure réponse à ça, mais c'est *la* réponse.

Holly se releva sur des jambes tremblantes et attrapa la bouteille d'eau. Elle la but tandis qu'elles marchaient comme des petits faons sur leurs pattes jusqu'à la cuisine. Peut-être que si elle se gavait d'eau, elle ne mangerait pas *autant* de gâteau. Ça ne fonctionnait jamais, en fait, mais peu importait. Elle voulait du cake et bon sang, elle en aurait une part.

Dès qu'elles s'assirent sur le canapé avec leur tranche de gâteau de taille moyenne, la porte s'ouvrit et les hommes de Maya entrèrent.

Border leur jeta un coup d'œil, dans leurs affaires de sport, légèrement en sueur et s'empiffrant de pâtisseries, puis il secoua la tête. Noah, leur fils de huit mois, était endormi dans ses grands bras, et Holly soupira en le voyant. Il n'y avait rien de mieux que de voir un grand homme barbu avec un enfant dans les bras. Et Maya en avait deux.

Si Holly n'aimait pas Maya, elle aurait vraiment pu la détester, cette pétasse.

Jake ferma la porte derrière lui, et rit avant de s'assurer que Noah soit toujours endormi. Le petit pouvait toujours dormir quoiqu'il arrive, et aujourd'hui n'était pas différent.

— Du gâteau ? s'enquit Jake.

Il avança vers sa femme et l'embrassa passionnément en léchant le glaçage sur ses lèvres.

Étrangement, Holly ne ressentit même pas une étincelle de jalousie. Elle en avait bel et bien fini avec Jake. Bien sûr, elle voulait peut-être un homme à elle, mais Jake *n'était pas* cet homme et ne l'avait jamais été.

— Je te ferais remarquer que le gâteau, ça peut être sain.

Holly montra les miettes qui restaient dans son assiette.

— Dans celui-ci, il y avait des fibres, des produits laitiers, des fruits et des légumes. Il y a quatre grands groupes de nourriture, là.

— Du sucre…

Jake lui fit un clin d'œil.

— Essaies-tu de te mettre entre mon gâteau et toi ? demanda Maya. Enfin, tu n'as pas *vraiment* envie de te mettre entre mon gâteau et moi ?

Jake leva les mains.

— Merde non, je n'en ai pas envie.

— Qu'est-ce qu'on a dit des jurons devant Noah ? s'enquit Border.

Il arriva depuis l'arrière de la maison, où il avait dû mettre le petit dans son lit pour le reste de sa sieste.

— On a pas envie qu'il commence à dire « merde » devant des inconnus. Ce sera mignon la première fois, mais ensuite, les gens vont penser qu'on est des dégénérés.

Jake cligna des yeux en le regardant et Holly retint un rire.

— Chéri, nous *sommes* des dégénérés. C'est pour ça qu'on s'amuse plus que tout le monde.

— Arrêtez de jurer devant le bébé, leur ordonna Maya en les montrant tous avec sa fourchette.

Holly leva les mains cette fois-ci.

— Je ne crois pas avoir déjà juré, ici.

Jake acquiesça.

— C'est probablement vrai. Tu es une fille bien.

Maya sourit.

— Plus pour longtemps. N'est-ce pas vrai, Holly-Molly ?

Holly plissa les yeux.

— Qu'est-ce que j'ai dit sur le fait de m'appeler de cette façon ?

Jake frotta les cheveux d'Holly d'une main comme un grand frère le ferait.

— Ohh, ne sois pas comme ça. Ce n'est pas notre faute si les abr… si les crétins au boulot ne pouvaient se souvenir de ton nom.

Holly avait passé trois ans à travailler avec plusieurs personnes qui mélangeaient constamment son nom. Elle était presque sûre que certains d'entre eux ne le savaient même pas du tout.

Et parce qu'elle était un peu timide et bien trop gentille, elle avait répondu à la fois au nom de Holly et de Molly pendant bien plus longtemps qu'elle ne l'aurait dû.

Et, bien sûr, Jake l'avait évoqué parce que c'*était* assez drôle, et que ses collègues ne voulaient pas se montrer méchants.

Border donna une claque à l'arrière du crâne de Jake.

— Arrête de te moquer d'Holly.

Jake fronça les sourcils.

— Je ne me moque pas.

Il la regarda dans les yeux.

— N'est-ce pas ? Enfin, je trouve que c'est un nom mignon. Si je suis méchant, dis-le-moi. D'accord ? Je ne veux pas te faire de mal.

Un air étrange se lut sur son visage et elle retint un soupir.

— Tu ne m'as pas fait de mal.

Tu ne m'en as jamais fait. Elle garda néanmoins cette dernière réplique pour elle-même. En haussant les épaules, elle posa son assiette et se leva pour contourner le canapé et enlacer Jake.

— Je suis juste d'humeur curieuse aujourd'hui, tu peux m'ignorer.

Il l'étreignit en retour, fermement, et elle resta là un moment. Jake faisait toujours les meilleurs des câlins. Ils lui avaient manqué quand ils s'étaient séparés, mais *il* ne lui avait pas manqué autant qu'il l'aurait dû. Elle n'était pas certaine de savoir ce que cela impliquait, excepté que Jake et elle n'étaient pas du tout faits l'un pour l'autre.

Lorsqu'elle s'éloigna, elle s'appuya contre le canapé et passa ses bras autour de son ventre, énervée contre elle-même parce qu'elle avait laissé ses pensées divaguer dans de nombreuses directions.

Border la scruta comme il le faisait habituelle-ment en restant silencieux avec un regard entendu. C'était lui, qu'elle connaissait le moins dans ce trouple, et pour une quelconque raison, elle avait l'impression que c'était lui qui la connaissait le mieux. Il y avait toujours quelque chose à dire sur les personnes discrètes, songea-t-elle.

— J'ai entendu dire que tu traînais avec Brody, déclara nonchalamment Jake.

Il le dit bien trop nonchalamment, d'ailleurs. Bon sang, cet homme et son comportement beau-coup trop protecteur. Une fois qu'il s'était mis en couple avec Border et Maya, il s'était dit qu'il devait être comme un grand frère pour Holly. Enfin, un grand frère qui l'avait vue nue et qui lui avait fait des choses incroyablement torrides... mais son côté paternaliste était parfois hors de contrôle.

— Oui. C'est vrai.

— Comment ça s'est passé, la virée en moto ? s'enquit Maya.

Holly se tourna vers son amie.

— Quoi ? Je n'arrête pas de penser au fait que tu es venue jusqu'au canapé où lui et moi, on était assis, et que tu as dit oui à sa demande.

— Il t'a fait sa demande ? aboya Jake. C'est

quoi ce délire ? Tu ne le connais même pas. À moins que tu aies des secrets. Tu as des secrets ?

Holly se frotta les tempes et compta jusqu'à dix.

— D'abord, non. Il ne m'a pas fait sa demande. Arrête de flipper et utilise ton cerveau. Tu es plus malin que ça. Du moins, tu l'étais avant. Peut-être que t'envoyer en l'air avec deux personnes à la fois, ça te tire vers le bas.

Sur ces mots, Maya se mit à rire.

Border secoua la tête, avec un large sourire.

— Cela pourrait être le cas, tu sais. Peut-être qu'on l'a vidé.

Holly grimaça.

— C'est dégoûtant. Je n'ai pas besoin d'imaginer ça.

Elle fit semblant de frissonner et Jake leva les yeux au ciel.

— Bref, comme je le disais, non, il n'a pas fait sa demande. Ensuite, arrête d'agir en homme des cavernes quand ça me concerne. Tu n'es pas mon frère, merci, mon Dieu. Si je veux sortir avec un mec quelconque, je le ferais. Je suis une adulte.

Jake plissa les yeux.

— Tu es une adulte qui s'avère être mon amie. Alors, oui, je vais m'inquiéter pour tout. Nous ne sommes peut-être plus ensemble, mais je vais tout de même prendre soin de toi.

— Et tu dis que Brody est quelqu'un dont je dois me méfier ?

Elle n'était pas sûre de savoir pourquoi cela l'agaçait. Brody avait été gentil avec elle et n'avait rien essayé de plus que de l'embrasser. En outre, elle était presque certaine d'avoir été à l'initiative de ce baiser. Après avoir passé tant de temps avec cette moto vibrant entre ses cuisses et sa poitrine appuyée contre ce dos solide, elle était surprise de ne pas lui avoir sauté dessus.

Holly était peut-être mignonne, mais elle ne l'était pas *tant que ça.*

— Brody est quelqu'un de bien, déclara Border de sa voix profonde.

— Malgré ce que Jake te dit, Brody ne va pas te faire de mal intentionnellement. Cet homme flirte avec quiconque a un cœur qui bat, tu vois, mais je pense que c'est plus pour mettre les gens à l'aise.

Elle fronça les sourcils, n'appréciant pas la direction que prenait cette conversation. Brody flirtait-il simplement avec elle parce qu'elle était disponible ? Ça ne ressemblait pas à quelque chose dont elle aurait envie. Bien sûr, elle ne désirait pas du tout avoir un homme, au début. Tout ce qu'elle faisait, c'était pour être un peu plus audacieuse et un peu moins la douce Holly que tout le monde connaissait. Brody voulait l'aider pour une raison quelconque, et elle avait déjà décidé qu'elle le laisserait faire.

Quelle importance s'il l'avait fait pour n'importe qui d'autre ?

Elle était n'importe qui, se rappela-t-elle. Et tant qu'elle gardait cela en tête, elle pouvait foncer tête baissée. Elle n'avait pas besoin d'une relation avec un homme, elle n'avait pas besoin de coucher avec lui. Elle devait juste trouver qui elle était vraiment.

Et si Brody souhaitait l'aider, alors elle l'accepterait volontiers.

— Hé, déclara Jake en lui relevant le menton. Tu n'es pas n'importe qui.

Il soupira, faisant écho à ses pensées.

— Il a raison, ajouta Border. Tu ne l'es pas. Et même si Brody flirte, il ne sort pas avec autant de filles qu'on pourrait le croire.

Holly s'éloigna.

— On ne sort pas ensemble.

Maya fronça les sourcils, mais acquiesça.

— D'accord, alors. Tu n'as pas à t'inquiéter de quoi que ce soit. Mais si tu *sortais* effectivement avec lui, sache qu'il n'est pas le joueur qu'on sous-entend. C'est un homme bien qui met tout son cœur à l'ouvrage pour aider les autres. Mon frère Alex le connaît mieux que moi, mais j'aime ce que je sais de lui.

Nerveuse, Maya se mordit la lèvre.

— Et je l'ai peut-être mis en colère, au fait. Brody, pas Alex.

Holly soupira.

— Pourquoi ? Qu'est-ce que tu as fait ?

Maya saisit un bout de fil sur le canapé.

— Je lui ai peut-être dit de faire attention avec toi.

— Pourquoi ferais-tu une telle chose ?

— Parce que tu es notre ami, répondit Jake à la place de sa femme. Pardon, mais c'est ce qu'on fait. On se mêle de ce qui ne nous regarde pas et nous sommes trop protecteurs, mais c'est parce qu'on t'aime. On ne va pas entraver ton chemin, mais on va assurer tes arrières.

Me rattraper si je tombe, songea-t-elle.

Et elle n'était pas sûre de savoir ce qu'elle pensait de cela.

On aurait dit qu'elle n'était plus certaine de rien, mais lorsqu'elle verrait Brody le lendemain, elle aurait son maillot de bain et découvrirait quel était son programme. Tout cela faisait partie de son plan bancal pour apprendre des choses inédites sur elle-même. Elle ferait tout aussi bien de continuer.

Elle n'était pas sûre de savoir ce qui viendrait avec ça. Elle ne connaissait pas les intentions de Brody, mais peut-être, seulement peut-être que cela faisait partie de sa nouvelle audace.

Elle allait juste devoir attendre.

Encore.

Chapitre 5

Chapitre 4

IL Y AVAIT SIMPLEMENT quelque chose chez Holly Rose. Brody n'était pas sûr de savoir de quoi il s'agissait, mais cela lui donnait envie de saisir beaucoup trop de chances et de l'aider de toutes les façons possibles. Il avait conscience qu'être avec une femme comme elle n'était peut-être pas la chose la plus maligne à faire pour lui, mais il s'en moquait. Elle était le type de personnes qui avaient besoin de stabilité, malgré qu'elle veuille lâcher prise quand il s'agissait des activités qu'il l'emmenait faire. Ce n'était pas parce qu'il l'aidait à prendre plus de risques et à rayer plus d'éléments sur sa liste de choses à faire avant de mourir, qu'il était nécessairement engagé sérieusement avec elle.

Parce que Brody n'était pas sérieux avec les femmes.

Jamais.

Cela ne menait qu'à la douleur, aux peines de cœur, aux attentes qui seraient anéanties et laissées pour mortes. Il avait vu ce qu'il s'était passé lorsque les couples essayaient de rester ensemble même si leur monde leur disait que c'était inutile, et il refusait de faire ça à quelqu'un d'autre. Il refusait d'*être* cette personne.

Il fit rouler son cou en se garant dans l'allée de Holly, derrière sa voiture. La petite maison de style cottage dont elle était propriétaire était parfaite pour elle. Elle était enseignante à l'école primaire, arborait toujours un doux sourire et des cardigans encore plus doux. La maison reflétait vivement ce caractère. Même son parterre de fleurs naissantes était bien aligné, mais pas trop organisé. On avait simplement l'impression qu'on les avait plantées avec suffisamment d'attention.

Elle n'était tellement pas dans sa catégorie.

Lui n'était qu'un mécanicien ayant quitté l'école à la fin du lycée, avec les certificats nécessaires. Il

n'avait pas pu se permettre d'aller à l'université lorsqu'il s'était enfin tiré de sa maison familiale qui lui
provoquait des ulcères, et ce n'était pas comme s'il
avait été assez intelligent pour obtenir une bourse
académique, ou même assez doué en sport pour
essayer d'en obtenir une pour les athlètes. Il avait
fait la seule chose qu'il savait faire de façon à avoir
un toit au-dessus de sa tête : utiliser ses mains. Il
travaillait désormais dans un garage décent qui
proposait de bons horaires et un bon salaire. Il
s'était également fait des amis au passage, mais il
n'était toujours pas le genre d'homme avec qui
Holly devrait traîner.

C'était la raison pour laquelle aujourd'hui serait
peut-être leur dernière sortie. Il n'était pas sûr d'être
assez fort pour se retenir avec elle, mais il était
certain qu'il n'était pas assez bien pour elle.

Elle avait dit vouloir essayer de nouvelles choses
et ne plus être la même Holly. Eh bien, il pouvait au
moins l'aider avec ça cet après-midi-là. Grâce à lui,
elle avait fait son premier tour de moto, et apparemment, elle avait aimé ça. Aujourd'hui, ils emmè-
neraient son pick-up dans un endroit qu'il aimait et
où il supposait qu'elle n'était jamais allée.

Ce n'était nullement dangereux, mais c'était
quelque chose de différent pour elle.

Du moins, il l'espérait.

Et si au bout du compte, ce n'était pas la fin de leur histoire, il devrait réfléchir encore davantage aux fois suivantes où ils se retrouveraient. Trouver de nouvelles choses excitantes serait problématique jusqu'à ce qu'il apprenne à mieux la connaître. Il devait simplement faire attention à ne pas *trop* se rapprocher d'elle. C'était ainsi que les attentes excessives naissaient et blessaient les gens sur le long terme.

Il ne voulait pas faire de mal à Holly. C'était la raison pour laquelle il devait garder ses distances. Alors, bien sûr, l'accompagner dans un endroit où elle serait en maillot de bain ne serait probablement pas la meilleure des idées. Avec un peu de chance, elle porterait un maillot une pièce qui couvrirait suffisamment son corps pour qu'il n'ait pas de pensées déplacées. Elle avait tendance à mettre des pulls et autres vêtements du même genre, donc il espérait que le maillot serait tout aussi prude.

Pour le bien de sa verge, il désirait que ce soit le cas.

Il avait pris son pick-up au lieu de sa moto, puisque ce serait plus facile de parcourir les petites routes avec, même si la sensation de l'avoir derrière son dos lui manquait. Il avait aimé la façon dont elle s'était appuyée contre lui quand ils allaient plus vite, la manière dont ses ongles s'étaient enfoncés dans son torse lorsqu'ils passaient sur de petites bosses. Il avait rêvé de ces ongles plongeant dans son dos quand il ferait des va-et-vient en elle, leurs corps mouillés par la transpiration et jamais vraiment satisfaits.

Non. Il ne devrait pas penser à ça. Du tout. S'il ne faisait pas attention, il ne pourrait lui cacher son érection. Dans l'état actuel, son sexe était déjà à moitié durci et l'était encore plus chaque minute.

Oh, bon sang.

Il sortit de son pick-up et commença à marcher vers sa maison lorsqu'elle ouvrit la porte. Elle avait enfilé son jean ainsi qu'un débardeur, et avait passé une veste sur son bras. Puisque le débardeur avait des bretelles épaisses, il n'arrivait pas à voir quel genre de maillot de bain elle portait, et cela l'agaçait. Il voulait savoir s'il devait préparer son sexe à ce qui viendrait ensuite.

Sans jeu de mots.

— Je vois que tu as ta voiture, dit Holly.

Elle montra sa tenue de la main.

— Ça va ? Je ne savais pas si tu allais prendre ta moto ou non.

Il laissa son regard parcourir les courbes de son

corps une fois de plus et déglutit difficilement avant de parler.

— Oui, tu es belle.

Elle ricana.

— C'est bon à savoir.

Il grimaça.

— Enfin, tes vêtements conviennent à ce qu'on va faire. Tu es bien plus que belle.

Si ses potes pouvaient le voir en ce moment, ils seraient par terre, morts de rire. Normalement, il était un peu plus doué avec les femmes, mais Holly le faisait vriller. Il ne savait pas vraiment ce qu'ils étaient l'un pour l'autre ni ce qu'ils faisaient, et son cerveau ne semblait pas vouloir fonctionner correctement. Cela ne présageait rien de bon.

Elle lui lança un grand sourire et il dut retenir sa respiration pour s'empêcher de soupirer ou de dire quelque chose qui paraîtrait encore plus stupide. Il avait été en sa présence pendant trois minutes, et il avait déjà peur qu'elle fasse demi-tour et s'enfuie. Honnêtement, il ne lui en aurait pas voulu.

— Alors on prend le pick-up ? demanda-t-elle.

Il acquiesça. Il était temps de se recommencer.

— Oui, on va prendre de petits chemins et ce n'est pas sûr avec la moto.

Elle inclina la tête.

— Est-ce que tu m'emmènes dans un endroit isolé pour enterrer mon corps ou un truc dans le genre ?

Il voulait faire *quelque chose* à son corps, mais clairement pas l'enterrer. Il s'éclaircit la gorge et afficha son sourire le plus charmeur.

— Je peux te donner la localisation maintenant, si tu veux, et tu peux l'envoyer à Maya ou quelqu'un d'autre pour qu'elle sache où nous allons. Je l'ai déjà dit à mon ami Harper ce matin puisqu'il m'a appelé pour me demander d'aller à la salle de sport, aujourd'hui.

Elle leva les yeux au ciel.

— Je plaisantais pour cette histoire de tueur en série. Un peu. Mais si Harper sait où nous allons, alors tout va bien. Non pas que j'ai peur à l'idée que tu me tues, mais c'est toujours bon de savoir que quelqu'un sait où nous sommes. Harper est ce nouveau gars chez *Montgomery Ink*, c'est ça ? Alex l'a mentionné à Maya, qui m'en a parlé à moi. Je sais qu'ils l'ont engagé et que vous êtes tous amis. Je divague. Tu peux me dire de me taire quand tu en as envie, tu sais.

Il haussa les épaules.

— C'est le même Harper. J'aime quand tu divagues. Tu m'en dis plus sur toi, de cette façon.

Il devait faire attention à ne pas trop aimer ça. Parce qu'il ne pouvait pas se permettre de l'apprécier comme certaines parties de son corps le souhaiteraient. Ce serait trop dangereux pour eux deux.

— Pourquoi fais-tu ça, Brody ? s'enquit-elle soudain. Moi-même, je ne sais pas *pourquoi* je fais ça.

Il croisa son regard en faisant un pas en avant, sachant que sa réponse devait signifier quelque chose. Et c'était le cas, même s'il ignorait pourquoi.

— J'ai vu l'amie d'une amie qui voulait essayer quelque chose de nouveau, d'excitant. Et, je ne sais pas, je voulais être la personne qui l'aiderait. Peut-être que nous découvrirons les autres raisons ensemble.

Il déglutit difficilement quand elle cligna des yeux en le regardant. Puis elle mit une main sur son torse et avança. Il était à deux doigts de passer ses bras autour d'elle et de l'embrasser durement.

Au lieu de ça, elle se mit sur la pointe des pieds et déposa un doux baiser sur ses lèvres.

— Découvrons-le ensemble, alors.

Elle marqua une pause lorsqu'il reprit le contrôle de lui-même. Bon sang, elle était une douce tentation et vraiment mauvaise pour lui.

Mais Brody était doué pour faire ce qu'il ne fallait pas. Il excellait même dans ce domaine.

— Où est-ce que tu m'emmènes, exactement ?

— On va essayer d'aller aux sources chaudes, répondit-il d'une voix rauque.

Bon sang, il ignorait totalement ce qu'il faisait, donc il ferait aussi bien de plonger la tête la première et espérer qu'il ne se briserait pas au passage.

Elle écarquilla les yeux et sourit.

— J'ai toujours voulu les essayer !

Elle claqua des doigts.

— D'où le maillot de bain et le fait que tu aies besoin d'un pick-up pour y aller.

Elle plissa légèrement les yeux et se pencha en arrière.

— Ce n'est pas une source chaude dans un parc national, une zone protégée sur laquelle on se fera arrêter, hein ? Parce que même si j'ai envie d'essayer de nouvelles choses, les tenter dans une combinaison orange et des menottes n'est pas vraiment mon idée de l'amusement.

Bien sûr, maintenant il l'imaginait avec des menottes.

Il ignorait pourquoi son cerveau l'avait fait revenir à son état d'adolescent, mais il avait le sentiment que c'était à cause de la femme devant lui. Il allait essayer d'être un peu plus prudent s'il voulait réussir à traverser tout ça.

Peu importait ce que c'était.

Il secoua la tête.

— C'est une source chaude que possède l'un de mes potes, mais c'est sur sa propriété privée et pas pour le public. Je l'ai appelé et lui ai demandé si on pouvait l'utiliser. Il a dit que c'était bon. C'est l'une des quelques sources chaudes possédées par des particuliers et non par des commerciaux ou appartenant à des zones protégées, donc c'est un bien rare. Mais je me suis dit que ce serait un peu plus amusant de marcher jusque là-haut une fois qu'on serait garé sur le chemin abîmé, plutôt que d'aller dans une source ouverte au public où il y a des touristes partout, essayant de respirer l'air de la montagne.

Elle acquiesça.

— Ça a l'air amusant et différent de ce que je ferais habituellement. Mais marcher ? Tu n'as pas dit qu'on allait marcher.

Elle baissa les yeux vers ses bottes usées, puis les leva vers lui.

—Je n'ai pas de chaussures de randonnées. J'ai juste mis ça parce que je me suis dit que ce serait adapté à la moto. Et puisqu'on ne prend pas la moto…

Il secoua la tête.

— C'est bon. Ce n'est pas une si grande randonnée et je serai juste à côté de toi. Je te promets que je ne te laisserai pas te faire mal. D'accord ?

Elle leva les yeux vers lui et acquiesça. Il espérait vraiment qu'il ne lui mentait pas quand il lui disait qu'il ne la laisserait pas se blesser. Parce que s'il faisait de son mieux pour l'empêcher de se tordre la cheville ou de tomber sur le chemin, il avait le sentiment qu'il était le véritable danger et qu'elle représentait les risques qu'il ne voulait pas prendre.

Le trajet en voiture se fit en une heure et tous les deux, ils parlèrent sur le chemin. Il était surpris de constater à quel point il était facile de discuter avec elle. Il avait l'impression qu'il pouvait presque tout lui raconter. Presque. Il était hors de question qu'il aborde son enfance ou des conneries dans ce genre-là, mais il se sentait à l'aise à l'idée de partager le reste.

Il en apprit plus sur son travail à l'école et sa meilleure amie, qui possédait une bibliothèque, celle-là même où il allait acheter ses livres quand il était en centre-ville, en fait. Il lui parla de sa profession, de ses collègues qui étaient devenus des amis au fil du temps. Ils discutèrent de son tatouage et du fait qu'il n'ait pas un unique artiste, mais plutôt que son corps était telle une peinture murale à laquelle toute la boutique contribuait.

— Et je comprends que toi-même, tu ne veux pas de tatouage ? demanda-t-il.

Ils avancèrent sur le chemin étroit vers la source chaude. Elle était légèrement devant lui, donc il pouvait la rattraper si elle trébuchait, mais jusqu'à maintenant, tout allait bien.

— Oh, j'en veux un, répondit-il en souriant par-dessus son épaule.

Bien sûr, puisqu'elle avait arrêté de regarder ses pieds et tituba un peu. Il tendit la main et agrippa sa hanche pour la stabiliser, et elle rit.

— Eh bien, je suis surprise que ça ne soit pas arrivé plus tôt. Merci de m'avoir sauvée.

Il serra sa hanche.

— Tu voulais juste que je mette les mains sur toi, ne mens pas.

Il retint un juron tandis que les mots sortaient difficilement. Malgré le fait qu'ils se soient embrassés à de nombreuses reprises depuis qu'ils s'étaient rencontrés, il avait honnêtement essayé de garder ses distances. Mais, apparemment, son cerveau n'était pas sur la même longueur d'onde.

Ou peut-être que c'était son sexe.

Elle secoua la tête en le regardant, un petit sourire se dessinant sur ses lèvres.

— Peut-être.

Elle tourna à nouveau la tête, son attention portée sur le chemin devant lui.

— Pour le tatouage, oui, j'en veux un. C'est le cas depuis longtemps, en fait. Mais je ne sais pas encore ce que je veux. Et pourtant, c'est la partie importante, donc je m'en suis abstenue.

Il laissa sa main tomber de sa hanche et la tendit pour saisir ses doigts.

Décisions stupides : 256 – Brody : 0.

Elle serra ses doigts et il souffla.

— Est-ce que tu vas laisser Maya le faire quand tu trouveras ce que tu veux ?

Holly acquiesça.

— Même si je ne lui faisais pas confiance pour tatouer un dessin parfait, je pense que je n'aurais pas d'autres choix.

Elle rit.

— Maya est un peu possessive.

— Sans déconner, répondit-elle en gloussant.

— Même si je suis surpris que Maya et toi soyez ainsi amies.

Il grimaça.

— Pardon. C'était probablement idiot de dire ça.

Holly secoua la tête.

— Non, c'est une remarque raisonnable puisqu'elle est mariée à mon ex. Je ne sais pas exactement comment nous sommes devenues aussi amies, mais lorsqu'elle sortait avec Jake, il s'est passé quelque chose et j'étais là pour en parler. Et j'imagine que nous sommes juste devenues proches après ça. La situation devrait être gênante, d'autant plus que je passe du temps chez elle quand Jake est là, mais ce n'est pas le cas. C'est juste comme ça. Je leur en suis reconnaissante, en tout cas. Puisque non seulement j'ai Maya en tant qu'amie, mais j'ai aussi le reste des Montgomery, ainsi que Jake et Border. Ce sont de bonnes personnes et je suis ravie de faire partie de leur cercle.

Brody acquiesça, même si elle regardait le chemin donc ne pouvait pas le voir.

— Ce sont de bonnes personnes.

Avant qu'elle puisse dire autre chose, cependant, ils traversèrent une petite clairière et trouvèrent les sources chaudes.

— C'est beau, chuchota-t-elle.

Il serra à nouveau sa main.

— Je le pense aussi.

Il n'était pas certain de parler d'elle ou des sources chaudes, donc il savait qu'il était dans le pétrin.

D'un côté, il y avait les pierres naturelles qui étaient venues avec la rivière et de l'autre, les arbres et les montagnes. Curieusement, un conduit s'était formé profondément dans la terre, et une source chaude parfaite était née. Celle-ci était souvent surveillée par son ami, qui vérifiait qu'elle était sûre pour ce qu'ils s'apprêtaient à faire, et il en était heureux.

— Prête à piquer une tête ?

Elle leva les yeux vers lui, son regard brillant.

— Tellement prête.

— Alors, enlève tes vêtements, chérie, et plonge.

Elle ricana et haussa un sourcil.

— Si c'est ton idée d'une réplique de drague, alors tu dois travailler là-dessus.

Il retira son sac de son épaule et lui adressa un clin d'œil.

— Je vais travailler sur mes répliques pour toi, ne t'inquiète pas. Mais, vraiment, j'ai mon maillot de bain sous mes vêtements, donc je vais les enlever avant de plonger. Mon pote a construit une petite hutte de l'autre côté de ces arbres, si tu veux t'y changer. Je n'ai pas envie de faire quoi que ce soit qui te mettrait mal à l'aise.

Elle se contenta de le regarder avant de soupirer. Puis elle saisit le bas de son tee-shirt et le passa au-dessus de sa tête.

S'il mourait tout de suite, il serait un homme heureux, *très* heureux.

Finalement, elle ne portait pas un maillot de bain une pièce. En fait, le haut de bikini noir moulait parfaitement les courbes généreuses de ses seins. Alors qu'elle enlevait ses bottes et se déhanchait pour retirer son pantalon, sa poitrine tremblotait et il dut déglutir difficilement pour s'empêcher de jouir dans son jean comme un adolescent gonflé aux hormones.

— Est-ce que tu y vas avec tes vêtements ? demanda-t-elle.

Elle avait l'air si sexy dans son maillot deux pièces.

Il se débarrassa rapidement de son short et tendit une main. S'il lui tenait simplement la main, il ne serait pas tenté d'attraper autre chose, tel un pervers. Il ne le faisait que pour que Holly puisse connaître quelque chose de nouveau, il ne le faisait pas pour la mater.

Mais bon sang, il avait *envie* de la reluquer.

Lorsqu'elle posa sa main dans la sienne, ils avancèrent vers les sources chaudes. Il serra une dernière fois ses doigts avant de la relâcher et de mettre un pied prudent dedans. Le fond était devenu lisse avec le temps, mais n'était pas glissant. Les minéraux naturels dans l'eau scintillaient contre sa peau et il soupira.

— Bon sang, c'est déjà bon. Tu es prête ?

Il tendit à nouveau sa main, et elle la prit sans marquer de pause.

— Je le suis, maintenant, répondit-elle avec un petit sourire.

Il l'aida à entrer et tenta de cacher son érection lorsqu'elle laissa échapper le gémissement le plus sexy du monde.

— C'est *divin*.

Il plongea dans l'eau jusqu'aux épaules et acquiesça.

— J'aime vraiment venir ici, mais je n'ai pas l'occasion de sortir très souvent.

Elle posa sa tête contre un rocher une fois qu'elle fût immergée.

— C'est dommage. Je n'arrive pas à croire que

je n'ai jamais fait une telle chose auparavant. Et ce n'est même pas une aventure.

Il se décala pour être assis à côté d'elle sans la toucher. Il ne voulait pas l'effrayer puisque la draguer n'était pas le but de tout ça.

— Si tu ne l'as jamais fait et que c'est quelque chose dont tu as envie, alors ça vaut la peine d'essayer. Il ne faut pas forcément que ce soit une liste de choses à faire avant de mourir qui met ta vie en danger.

Holly grimaça.

— J'ai besoin d'un meilleur terme que « liste de choses à faire avant de mourir ».

— Et pourquoi pas *La Liste de Holly* ? C'est simple et c'est facile de s'en souvenir.

Elle leva les yeux vers lui.

— Alors qu'y a-t-il ensuite sur *La Liste de Holly* ? s'enquit-elle. Je ne t'ai pas dit ce que je voulais mettre dessus, tu as juste deviné.

Il se releva pour être face à elle et voir son expression quand elle parlait. Il ignorait pourquoi il aimait la regarder ainsi lorsqu'ils discutaient, mais c'était comme s'il ne pouvait se lasser d'elle.

À nouveau, son cerveau lui criait qu'ils s'approchaient d'un territoire dangereux, mais il ne l'écouta pas.

— Je me suis dit qu'on pouvait aller doucement vers des activités plus conséquentes, mais si tu veux faire certaines choses, on peut les faire avant.

— C'est ça le truc, je n'ai *rien* fait. J'ai travaillé et lu des livres. C'est tout. Alors tout ce qu'il y a de nouveau est bien plus que ce que j'aurais pu envisager, toute seule.

Ses mains jouaient avec les rides sur l'eau et elle soupira.

— Je sais que je mets la pression sur nous deux avec ça, mais je m'amuse. Et toi ?

— Oh que oui ! Malgré ce que les autres pensent de moi, je ne passe pas tout mon temps à faire des choses imprudentes et à me comporter en idiot. Généralement, je travaille ou je vais à la salle du sport. Alors, faire des choses qui sortent un peu de ma routine, c'est une pause bienvenue.

Ses doigts jouaient à nouveau avec l'eau.

— Tant que tu veux que l'on continue, je serai partant. Je m'amuse, Brody. Je ne m'étais jamais rendu compte à quel point j'étais… sage, auparavant. Je fais la même chose tous les jours et je fais des recherches infinies quand je veux tenter quelque chose de nouveau, au point que ce n'est même plus amusant. J'ai toujours été ainsi. Mais il est peut-être temps de changer.

— Tu changes déjà. Mais, Holly ? J'aime qui tu es, tu sais. Tu n'as pas à devenir complètement différente.

Elle se tourna pour être face à lui, et le cœur du jeune homme accéléra. Bon sang, il devait se reprendre.

— C'est la plus belle chose que tu aurais pu dire. Moi aussi, je m'aime bien, Brody.

Elle marqua une pause.

— Et je t'aime bien aussi.

Après ses mots, il fit la seule chose qu'il pouvait.

Il l'embrassa.

Et alors que l'eau les éclaboussait, leurs lèvres se rencontrèrent dans des halètements lourds. Il savait que Holly était un risque qu'il ne devrait pas prendre.

Et c'était pourtant le seul qu'il prendrait.

Chapitre 6

Chapitre 5

HOLLY ÉTAIT PRESQUE sûre qu'elle allait coucher avec Brody. Peut-être pas ce soir. Mais bientôt. Il était impossible qu'elle puisse se retenir encore longtemps. Chaque baiser qu'ils partageaient s'attardait un peu plus, et elle avait peur que la prochaine fois qu'ils s'embrassaient, elle prenne feu.

Elle était presque montée sur lui comme si elle grimpait sur un arbre, dans les sources chaudes, et il lui avait fallu toute sa force pour se retirer, une fois qu'elle s'était souvenue qu'ils étaient en pleine nature. Bien qu'elle saisisse l'occasion de faire de nouvelles choses, le sexe en public n'était pas au programme.

Pas encore.

Ce soir, Brody et elle allaient dîner. Un dîner normal où ils se contenteraient de s'asseoir, de manger et même de discuter. Cela n'aurait rien à voir avec *La Liste de Holly* et elle n'était pas sûre de savoir ce qu'elle en pensait.

C'était un rendez-vous.

Un vrai rendez-vous avec de la nourriture et peut-être des baisers.

Elle espérait simplement que cela ne gâcherait pas ce qu'elle avait déjà avec Brody puisqu'elle *aimait* ce qu'elle avait avec lui. Elle appréciait de sentir qu'elle s'ouvrait un peu plus à lui chaque fois qu'ils parlaient. Elle n'était pas vraiment certaine de savoir ce qui se produisait entre eux, mais elle n'allait pas l'analyser plus que nécessaire.

Et si elle le faisait, elle finirait par se blesser.

Tout le but de la *Liste de Holly* était de s'ouvrir au monde et de ne pas se faire du mal en même temps.

La sonnette résonna et elle lissa rapidement sa robe d'été, arrangeant son cardigan d'un haussement d'épaules. Ce n'était pas la tenue la plus sexy, mais elle se sentait plus à l'aise dedans. Si Brody avait un problème avec ça, alors il pouvait s'en aller.

Elle n'allait pas changer pour un homme. Non, la seule personne pour laquelle elle changerait, ce serait elle-même.

Elle laissa échapper un petit grognement.

Elle flippait pour rien. Brody ne l'avait même pas encore vue. Il n'avait pas dit un seul mot sur ses tenues par le passé et elle ne pensait pas qu'il commencerait ce soir. Simplement, les choses étaient différentes entre eux, dernièrement, ou du moins, elles étaient sur le point de le devenir. Elle essayait juste de suivre.

Avec un sourire sur le visage, elle ouvrit la porte et faillit avaler sa langue. Brody portait une chemise bleu foncé dont les longues manches étaient retroussées pour montrer les tatouages sur ses avant-bras. Bien sûr, elle était sortie avec Jake et savait que les tatouages sur les avant-bras étaient sexy, mais *rien* ne l'était autant que les bras de Brody.

Sauf peut-être le reste de son corps.

Il portait un jean sombre et des chaussures foncées. Il avait ajouté quelque chose dans ses cheveux pour qu'ils ne retombent pas sur son visage, mais ils n'avaient pas l'air glissants et figés. Et quand Brody lui sourit, sa fossette ressortit et elle faillit tomber à ses pieds pour le remercier.

Holly devait se reprendre.

— Tes vêtements sont bien adaptés à un dîner, déclara Brody d'une voix traînante.

Elle l'observa.

—Je me disais la même chose sur toi.

Il lui fit un clin d'œil et tendit la main. Il le faisait toujours, lui accordant le temps de faire le premier pas plutôt que de lui saisir directement ses doigts. À chaque mouvement qu'il faisait, il lui laissait l'option de rester loin de lui, de prendre ses propres décisions. Elle avait cependant le sentiment que s'ils couchaient ensemble, il contrôlerait bien plus la situation qu'actuellement.

Et Holly savait qu'elle le laisserait faire.

Elle glissa sa main dans la sienne et avança vers son pick-up. Heureusement, il lui avait dit qu'ils iraient en voiture ce soir, donc elle avait su quoi porter. Bien qu'elle aime les surprises qu'il avait organisées, s'assurer qu'elle était habillée correctement pour ce qu'il lui réservait n'était pas la chose la plus simple du monde.

Ils partirent vers le restaurant et discutèrent de leur journée. Elle aimait être capable de faire de telles choses avec quelqu'un, d'avoir une autre personne à qui *parler*, tout simplement, mais elle était également consciente qu'elle devait être prudente. Brody ne lui proposait pas une vie entière ou même un petit engagement. Cela lui ferait du bien de se souvenir qu'elle devait non seulement protéger son corps de ce qu'ils feraient par la suite, mais aussi son cœur.

— Comment peux-tu avoir du travail à faire alors qu'il n'y a même pas école en ce moment ?

Elle souffla.

— Parce que notre système scolaire est bourré de défauts et je passe trop de temps à préparer les enfants à réussir des contrôles pour lesquels ils sont bien trop jeunes, et je gère en outre des piles et des piles d'analyses des cours et de préparation pour l'année suivante. Je dois également suivre des cours cet été, mais on a une petite pause en ce moment.

— Et tu n'es pas payée pour tout ça ?

Elle secoua la tête.

— Non. La plupart des enseignants que je connais ne peuvent pas se permettre de vivre tout seuls s'ils ne sont pas mariés, à cause de nos salaires. Ma maison venait en fait d'une procédure de saisie et elle tombait en ruines quand je l'ai eue. L'entreprise de la famille de Maya l'a réparée pour moi, et ils m'ont laissé échelonner les paiements. J'y travaille encore, mais je leur en serai toujours reconnaissante d'avoir créé un planning de remboursement en fonction de mon budget.

Il fronça les sourcils en la regardant.

— Je loue un petit appartement que je déteste parce que les mécaniciens ne gagnent pas beaucoup non plus, mais je comprends. Je fais des économies pour ouvrir mon propre garage et être propriétaire d'une maison, un jour.

Il haussa les épaules et elle eut l'impression que parler d'argent les mettait tous les deux sur les nerfs. Ni l'un ni l'autre n'était dans un domaine qui les rendrait riches, mais ils aidaient les autres. Cela devait compter pour quelque chose, même si cela signifiait qu'ils ne faisaient pas de virée shopping avec leurs amis en attendant.

— C'est ici, déclara Brody en se garant sur le parking. Ce n'est pas très chic, mais la nourriture est bonne.

Holly sourit devant le restaurant familier qui ne faisait pas partie d'une grande chaîne, mais qui était géré depuis des générations par une famille du coin.

— Je suis déjà venue ici, en fait.

Elle ne mentionna pas qu'elle était alors avec Jake, puisque ça n'avait pas d'importance. Elle avait également amené Arianna ici à plusieurs reprises au fil des ans. On y servait de la nourriture allemande *délicieuse*.

Brody lui adressa un clin d'œil.

— C'est bon à savoir. Ce qui veut dire que tu es au courant que si tu ne finis pas ton assiette, le propriétaire vient et te tape sur les doigts avec une règle.

Elle leva les yeux au ciel.

— Ce n'est qu'une menace en l'air, Brody. Il ne vient pas vraiment te taper.

Brody ricana et sortit du pick-up. Elle ouvrit la portière et commença à en descendre quand Brody arriva de son côté et l'aida. Il avait ces petites marches sur le côté de son pick-up, mais c'était tout de même un assez grand bond étant donné sa taille.

— Tu sais qu'il a déjà utilisé la règle une ou deux fois. Je dis ça comme ça.

Elle appuya sa main sur le torse de l'homme quand elle sortit, appréciant bien trop la sensation de sa chaleur sous sa paume.

— Je vais devoir te croire sur parole.

— Je suis un grand garçon, je finis mes assiettes, expliqua Brody. Ne t'inquiète pas, je m'occuperais de toi si tu ne finis pas la tienne. Je n'ai pas envie que tu te fasses fesser.

Bien sûr, en entendant ces mots, elle trébucha et il la rattrapa, l'attirant vers lui.

— Tu l'as fait exprès, l'accusa-t-elle.

Il se pencha et l'embrassa fermement sur les lèvres.

— Tu le sais bien.

Ils se tenaient au milieu du parking, leurs respirations s'accélérant et le cœur de Holly battant la chamade.

— Est-ce qu'on sort ensemble ? laissa-t-elle échapper. Oublie cette question. Peu importe. Allons manger. Je meurs de faim.

Elle essaya de s'éloigner, mais il ne la lâcha pas.

— Oui, Holly, on sort ensemble. Ça ne te dérange pas ?

— Oh.

Elle marqua une pause.

— D'accord.

Il l'embrassa sur le bout du nez.

— Nous sommes des amis qui s'apprêtent à aller manger un morceau et je ne peux pas m'empêcher de t'embrasser, donc oui, c'est dans mon bouquin sur les couples. Mais ça ne veut pas dire que nous devons nous emballer. D'accord ? Chaque chose en son temps. Une case cochée sur *La Liste de Holly* à la fois.

Elle leva les yeux, scrutant son visage.

— Est-ce que t'embrasser est sur ma liste, alors ?

— Eh bien, jusqu'à récemment, tu ne l'avais pas fait. Donc, oui, j'imagine.

Son esprit divagua vers ce qu'il pouvait y avoir sur sa liste et qui impliquait Brody. Elle faillit appuyer ses cuisses l'une contre l'autre et gémir.

— Nourriture, cracha-t-elle. J'ai besoin de nourriture.

— Tes désirs sont des ordres, Holly.

Il marqua une pause.

— Toujours, ajouta-t-il.

Toujours, ça dure longtemps, pensa-t-elle quand ils avancèrent vers le restaurant, puis rejoignirent leur table dans un coin.

Un long moment.

Heureusement, aucun d'eux n'évoqua ce qui s'était produit sur le parking. Au lieu de ça, il la fit rire avec des histoires sur Harper et Alex à la salle de sport. Elle lui parla de la fois où elle avait fini avec des empreintes de petites mains sur les fesses, quand un gamin était tombé derrière elle.

Il rejeta la tête en arrière et rit. Plusieurs femmes dans la pièce le regardèrent avec admiration. Dommage pour elles qu'il soit là avec Holly. Après cette pensée prétentieuse, elle sirota son eau, ayant besoin de se rafraîchir un peu.

— De quelles couleurs étaient les traces ?

Elle plissa les yeux.

— Jaune pétant sur mon pantalon noir que je ne pourrais plus jamais porter. C'était pendant ma formation, donc je n'avais pas le droit de choisir les cours que je donnais. La peinture, comme ça, ne se fera jamais dans mon cours.

Il secoua la tête et saisit le dernier morceau de nourriture dans l'assiette de la jeune femme. Il avait eu raison de dire qu'il pouvait finir son repas, mais également la moitié de celui de Holly. L'homme mangeait comme un ogre, mais il était mince et musclé. Elle était furieuse contre lui à cause de ça, mais elle ne pouvait s'empêcher d'admirer son allure.

— Je me disais bien que c'était toi.

Holly se retourna en entendant la voix de Jake, tandis que son ex (et maintenant ami) avançait vers eux. Elle retint une grimace puisque même si Brody ne paraissait pas trouver cela bizarre qu'elle soit amie avec Jake, c'était un peu différent.

Maya et Border étaient juste derrière Jake et tous les cinq, ils se saluèrent, s'étreignirent et s'embrassèrent sur la joue.

— Vous êtes en rencard ? demanda Brody.

Ils étaient au fond du restaurant, donc il y avait assez de place pour que tous les cinq, ils puissent rester debout sans gêner le passage. Mais Holly n'avait pas raté les regards étranges que certaines personnes lançaient au trio qui avait avancé vers eux.

Maya se pencha contre le flanc de Border tout en tenant la main de Jake. Holly savait que tous les trois, ils ne montraient généralement pas leur affection en public, mais ce restaurant appartenait à un gentil couple qui les aimait bien et qui avait l'esprit ouvert. Malheureusement, Holly vit quelques personnes dans le bâtiment qui n'en étaient pas ravies, le dégoût évident sur leur visage.

Idiots.

— En fait, on allait prendre un dessert, intervint Maya. Mais nous avons décidé que nous devrions rentrer à la maison et voir si Murphy et Owen allaient bien.

Murphy et Owen étaient deux des frères de Jake.

— C'est devenu un peu froid ici, si vous voyez ce que je veux dire.

Holly plissa les yeux en observant les gens qui scrutaient ouvertement le trio, mais Jake secoua la tête.

— Ne t'inquiète pas pour eux, déclara doucement son mari en embrassant sa tempe. Ils ne comptent pas.

Border resta silencieux en regardant Brody et Holly, néanmoins, il resserra son bras autour de la taille de Maya.

Brody fit rouler son cou et posa du liquide sur la table puisqu'on leur avait apporté la note quelques instants plus tôt.

— Sortons d'ici, d'accord ? dit-il en tendant une nouvelle fois sa main pour que Holly la saisisse.

— C'est une bonne idée, confirma-t-elle en récupérant son sac.

Tous les cinq, ils partirent en faisant un signe de la main aux propriétaires, mais ne dirent pas un mot. Le trio s'était garé non loin du pick-up de Brody, donc ils restèrent sur le parking pendant un moment pour discuter.

Border restait cependant en alerte, et Holly détestait qu'il y soit obligé.

— On ne devrait pas s'attarder ici trop long-temps, grommela le grand homme. Je n'ai pas aimé les regards qu'un groupe de mecs dans le coin nous a lancés.

Maya contracta sa mâchoire et Jake jura.

— J'aime ce restaurant. Je veux qu'on y revienne.

— Alors on reviendra, répondit simplement Border.

Pourtant, c'était tout sauf facile.

— Mais je ne vais pas rester les bras croisés pendant que vous souffrez à cause d'une bande d'idiots.

Brody glissa son bras autour de Holly pour l'attirer près de lui. Elle avait besoin de sa chaleur et était heureuse qu'il soit là.

— Vous pouvez rentrer tranquillement à la maison ? Vous voulez qu'on vous suive ?

— Ça va aller. Mais merci, déclara doucement Jake. Partons d'ici, d'accord ?

— D'accord, chuchota Maya.

Ça ne lui ressemblait tellement pas que le cœur de Holly en était douloureux. Maya ne baissait jamais la voix parce qu'elle avait confiance en elle. Et à ce moment-là, Maya semblait tout sauf confiante.

Ils se dirent au revoir et montèrent dans leurs véhicules respectifs pour repartir chez eux.

Mon Dieu, elle détestait que le jugement des autres ait mis sur les nerfs les gens qu'elle aimait et à qui elle tenait. Ce n'était pas juste que Maya, Jake et Border ne puissent pas sortir comme des gens normaux. Certes, leur relation n'était pas conventionnelle, mais ils ne faisaient de mal à personne. Et ce qu'il y avait de triste, c'était qu'avec tous les tatouages et les piercings de Maya, elle rencontrerait les mêmes problèmes en sortant avec un seul homme à la fois. Alors, imaginez ce qu'il se passait quand Border et Jake allaient en rendez-vous en public. Une partie du monde avait suffisamment changé pour être tolérante, mais elle n'était pas encore majoritaire.

Dans le pick-up, Brody leva la main de Holly vers ses lèvres et déposa un baiser sur sa paume.

— Je suis désolé que notre soirée se soit terminée sur une mauvaise note.

Il démarra la voiture et sortit du parking, la laissant réfléchir.

Elle souffla.

— Je suis tellement énervée pour eux. Ils n'ont rien fait de mal et leur relation ne concerne personne. Pourtant, ils doivent gérer quotidiennement des choses dans ce genre. Et leur petit, Noah ? Il va devoir supporter des personnes comme ça pour le reste de sa vie, même si les Montgomery et les Gallagher vont essayer de le protéger de tout leur être. Tout le monde n'est pas intolérant, mais il y a suffisamment de monde pour que ce soit dangereux.

Elle essuya violemment les larmes qui avaient osé rouler sur ses joues.

— Pardon. C'est juste que je suis tellement en colère et parce que je ne peux rien faire, je pleure.

Il jura et tendit la main pour serrer sa cuisse.

— Quand je suis en colère, j'ai tendance à frapper des trucs. C'est pour ça que je fais de la boxe avec Alex et Harper. Si tu n'aimes pas pleurer, tu as déjà envisagé de faire de la boxe ?

Elle le regarda, incrédule.

— Sérieusement ?

Il garda sa main sur sa cuisse et elle était consciente comme c'était génial de sentir ses longs doigts ici, comme c'était chaud et comme cela la picotait.

Il remarqua aussi clairement qu'elle déglutit difficilement.

— Mon idée t'a permis d'arrêter de pleurer, non ?

Elle rit et secoua la tête.

— Tu m'as vu trébucher je ne sais combien de fois depuis que tu m'as rencontré et pourtant, tu veux que je monte dans un ring ?

Il haussa les épaules en se garant dans son allée. Lorsqu'il coupa le moteur, ses doigts dansèrent sur le bord de sa robe, effleurant à peine sa peau, mais suffisamment pour qu'elle ait envie de se cambrer contre lui.

—Je crois que tu peux faire tout ce que tu as en tête, Holly, répondit-il doucement.

Son cœur se serra à nouveau, ce qui l'inquiétait terriblement, et elle l'ignora royalement.

— Qu'est-ce qui vient après sur la liste, Brody ?

Il se retourna pour croiser son regard et la chaleur qu'elle y vit faillit lui couper le souffle.

—Je devrais te raccompagner jusqu'à ta porte.

Peut-être qu'il était temps pour elle de faire le pas suivant. De faire le bond suivant.

— Ou tu pourrais entrer.

Il plissa les yeux.

— Si j'entre avec toi maintenant, je vais te débarrasser de cette robe et te baiser contre la première surface que je vais trouver.

— Alors il vaudrait mieux qu'on entre rapidement.

Il jura et avant qu'elle s'en rende compte, ils étaient tous les deux sortis de la voiture et ses mains tremblaient alors qu'elle essayait de mettre la clé dans la serrure de sa porte. Brody se tenait derrière elle, ses doigts sur ses hanches, son sexe fermement appuyé contre ses fesses.

Si ce qu'elle sentait derrière elle était une quelconque indication de ce qui se trouvait sous sa fermeture Éclair, il était dur, épais et vraiment prêt pour elle.

Heureusement qu'elle était prête pour lui.

Elle réussit enfin à ouvrir la porte. Brody la poussa à l'intérieur avant de la fermer derrière eux. Il prit son visage en coupe et l'embrassa violemment, appuyant son dos contre la porte. Elle gémit contre lui, glissant les mains sur son corps, ayant besoin de le toucher, ayant besoin qu'il la touche, en voulant *plus*.

Sa langue s'emmêla avec la sienne et ils gémirent à l'unisson, tandis que ses tétons se pressaient contre son torse. Elle tendit le bras entre eux, effleurant du dos de la main la longue ligne de son érection.

— Tu vas devoir arrêter de me toucher comme ça si tu ne veux pas que je jouisse dans mon pantalon. Et merde, Holly. Dès que je t'ai dans les bras, j'agis comme un homme des cavernes. Inarticulé. Qui dit les choses les plus crues qui lui viennent en tête.

Elle se mordit la lèvre et il lécha la sienne en retour.

— Je ne suis pas aussi innocente que j'en ai l'air, promit-elle.

Lorsqu'elle s'éloigna, elle passa lentement sa robe d'été légère au-dessus de ses cuisses pour révéler sa culotte en dentelle. Il grogna, mais ne la toucha pas. Au lieu de ça, elle glissa une main sur son ventre et entre ses jambes.

Elle n'était pas vierge. Elle aimait le sexe et elle en voulait plus. Elle ressemblait peut-être à une petite enseignante innocente qui ne savait pas comment prendre son pied, mais c'était faux. C'était même loin d'être le cas. Elle ne jurait peut-être pas autant que ses amis et elle n'avait pas de piercings ni de tatouages, mais elle savait comment se faire jouir.

Maintenant, elle avait besoin que *Brody* le fasse pour elle.

— Je suis déjà, mouillée, Brody. Qu'est-ce que tu vas faire ?

Il grogna et tomba à genoux, attrapant ses cuisses avec ses deux mains et les écartant encore plus. Lorsqu'il appuya son nez contre elle, elle laissa échapper un gémissement aigu, ayant besoin de le sentir davantage.

— Tu me surprends un peu plus chaque jour, Holly.

Il leva les yeux, sa tête entre les jambes de la

jeune femme alors qu'il s'agenouillait à ses pieds. Elle pouvait totalement s'y habituer.

— J'aime les surprises.

Elle se lécha les lèvres et inclina la tête.

— Alors tu vas être servi.

Il glissa son doigt sous sa culotte et passa une main sur ses lèvres.

— Oh, oui, et j'ai un bon petit plat salé juste là.

Il retira lentement sa culotte et elle cambra le dos, ce qui était plus facile pour lui. Lorsqu'il baissa à nouveau la tête pour la lécher, jouant avec ses boucles d'une main et la taquinant d'une autre, elle tourna légèrement les hanches.

— C'est ça, chérie. Chevauche mon visage quand je te fais jouir.

Plus tard, elle ferait une petite danse de la joie à l'idée que Brody soit du genre à dire des cochonneries. Pour l'instant, elle ferait ce qu'il lui demandait et le chevaucherait jusqu'à ce qu'il lui fasse voir les étoiles.

Il utilisa ses mains et sa bouche sur elle, la dévorant comme s'il était un homme affamé dans le désert et qu'elle était son festin. Lorsqu'il la suçota juste au niveau de la boule de nerfs, elle jouit, criant son nom et cambrant encore davantage le dos.

Avant qu'elle puisse reprendre son souffle,

Brody avait posé sa bouche sur la sienne, son propre goût sucré était érotique et tentant. Il la releva en plaçant ses mains sous ses fesses et elle enroula ses jambes autour de lui, consciente qu'ils avaient laissé sa culotte à côté de la porte. Il la posa sur le canapé et se débarrassa rapidement de sa chemise avant de se remettre à genoux.

Elle n'eut que quelques instants pour admirer une nouvelle fois sa silhouette avant qu'il tire sur sa robe et elle leva les bras pour lui. Bientôt, la robe fut au sol, à côté de ses chaussures qu'il avait curieusement enlevées. Son soutien-gorge fut le suivant. La tête de Brody fut une fois de plus entre ses cuisses. Il s'agrippa à ses jambes et les releva pour qu'elles soient autour de sa tête, et il la dévorait une fois de plus, léchant, suçant et mordant jusqu'à ce qu'elle se tortille. Il l'attira au bord du canapé et donna de longs coups de langue avec la bonne pression de ses mains, la faisant jouir à nouveau.

— Brody, j'ai besoin de t'avoir en moi.

Elle n'était pas sûre de pouvoir jouir à nouveau, mais elle s'en moquait. Elle avait besoin de sentir son épaisse longueur en elle.

Il s'éloigna et baissa son pantalon, mettant d'abord la main dans la poche pour prendre son portefeuille et sortir un préservatif. Il l'enfila, pour les protéger tous les deux, puis s'agrippa à sa base.

— Un jour, je vais avoir cette jolie bouche autour de ma queue, mais je ne vais pas tenir ce soir.

Il se pencha et les positionna tous les deux pour qu'elle soit sur le dos, entre ses jambes. Il se glissa contre sa vulve, mais n'entra pas, la taquinant. Alors qu'il le faisait, il l'explorait avec sa bouche, utilisant sa langue pour lécher sa poitrine et il parcourut le ventre de la jeune femme avec ses doigts. Elle en fit de même sur tout son corps, mémorisant chaque plat, chaque courbe, chaque cicatrice.

Elle voulait cet homme comme elle n'en avait jamais désiré auparavant, et bien que cela aurait dû l'effrayer, son esprit était parti bien trop loin pour qu'elle s'en inquiète.

Lorsqu'il se glissa en elle, elle cria son nom, son corps l'étirant jusqu'à la limite, tandis que la brûlure était si agréable.

— Holly, il faut que tu me regardes, déclara Brody, les dents serrées. J'ai besoin de voir ton visage quand je te prends, quand je fais des va-et-vient en toi. Tu peux le faire, Holly Rose ? Est-ce que tu peux garder les yeux ouverts pour que je te regarde jouir à nouveau ?

Elle s'agrippa à ses épaules.

— Je ne suis pas sûre de pouvoir jouir encore une fois, haleta-t-elle en écarquillant les yeux.

Il sourit d'un air malicieux, sa fossette ressortant une nouvelle fois.

— Je vais relever le défi, chérie.

Et sur ces mots, il *bougea*.

Même s'ils haletaient, qu'ils transpiraient et qu'ils grognaient l'un pour l'autre, elle savait que c'était plus que ce qu'ils avaient tous les deux en tête quand ils avaient commencé cette histoire. Ce n'était pas simplement deux corps ayant besoin de se lâcher. C'était quelque chose de *plus*.

Du moins, c'était le cas pour elle.

Et lorsqu'elle jouit à nouveau, il en fit de même, son corps s'étirant encore à cause de la pression. Elle l'attira contre lui, ayant besoin de sentir son pouls contre sa poitrine. Il lui donna le plus doux des baisers et quelque chose en elle se tortilla très légèrement.

Elle tombait amoureuse de cet homme.

Un homme qu'elle ne devrait pas aimer.

Cela n'avait pas été prévu, n'avait pas été sur sa liste.

Alors au lieu de faire ce qu'il demandait, elle ferma les yeux, dissimulant ce qu'elle ressentait, ce qu'elle ne comprenait pas. Parce que c'était bien trop tôt et que Brody n'était pas là pour plus que ce qu'ils avaient déjà.

Elle ne pouvait pas prendre ce risque, le pari qu'elle avait juré ne jamais reprendre.

Elle ne pouvait pas tomber amoureuse de Brody Deacon.

Mais elle avait peur qu'il soit déjà trop tard, peut-être.

Chapitre 7

Chapitre 6

BRODY ÉTAIT TELLEMENT dans le pétrin qu'il n'arrivait pas à réfléchir. Il n'aurait pas dû coucher avec Holly, il n'aurait pas dû l'emmener dans sa chambre une fois qu'ils avaient presque cassé son canapé pour qu'il voie à quel point elle était belle quand elle le chevauchait.

Il ne pourrait jamais oublier la façon dont ses seins rebondissaient et s'agitaient, le suppliant presque d'avoir sa bouche. Et parce que Brody était ce genre d'hommes, il les avait satisfaits en suçant les tétons jusqu'à ce qu'ils soient durs, rouges et probablement douloureux.

Il avait été un très mauvais garçon, mais bon sang, il était comblé.

Et à la manière dont Holly s'était allongée mollement à côté de lui, son regard embrumé et ses lèvres gonflées à cause des baisers, il sut qu'elle était également une femme comblée.

Pourtant il savait qu'il avait vraisemblablement tout gâché en cédant.

Il n'était pas trop tard pour s'éloigner, pour s'assurer qu'ils garderaient leur distance tous les deux.

Sauf qu'il avait conscience que c'était un mensonge. Il avait un rendez-vous prévu avec elle, plus tard dans la journée, dans un restaurant auquel elle n'était jamais allée. Cela faisait partie de la liste qu'ils avaient dressée, quand ils étaient restés allongés, nus, la nuit précédente. Elle ne s'était jamais rendue dans un petit restaurant caché, surtout un dont elle n'avait jamais entendu parler. Donc, ce soir, Brody l'y emmènerait. Ce n'était pas la chose la plus excitante à faire, mais un peu de nourriture serait agréable et cela cocherait un élément de plus sur sa liste.

Il espérait que cela ne leur ferait pas de mal à

tous les deux parce qu'il était une poule mouillée n'osant pas s'éloigner quand il le devrait.

— Yo, Brody, tu as fini de changer l'huile ? La dame a quelques minutes d'avance, elle est déjà là pour venir chercher sa voiture.

Son ami et collègue, Grayson, avança vers lui, fronçant les sourcils comme d'habitude. Brody appréciait Grayson, mais cet homme ne souriait pas beaucoup… même jamais.

Il s'essuya les mains sur le chiffon sale à côté de lui et acquiesça.

— Oui, je viens juste de finir.

Ils ne faisaient pas seulement des changements d'huile, puisqu'ils étaient un garage complet, mais il en faisait plus souvent qu'ils n'aimeraient. Lui préférerait faire du gros œuvre, mais parfois, les changements d'huile payaient les factures.

— Je vais la faire asseoir, tu peux amener la voiture devant ? lui demanda Grayson. Je sais que tu as fini ta journée, donc je vais finir la paperasse.

Brody inclina un chapeau de cowboy invisible et l'homme lui fit un doigt d'honneur. Brody et Grayson étaient tous les deux originaires du Texas et aucun d'eux ne portait jamais de Stetson, mais c'était toujours marrant de plaisanter ensemble. Ils s'étaient tous les deux rencontrés au garage, et non pas dans leurs villes natales puisqu'ils avaient grandi à six heures l'un de l'autre. Le Texas était un grand État, après tout, même si les gens avaient tendance à en faire une généralité.

Il s'essuya les mains autant que possible, étant donné qu'il finissait en général avec un peu de saleté et de gras peu importait à quel point il se nettoyait. Il sortit la voiture dans le parking à l'avant. Il lança les clés à Grayson tandis que l'autre homme avançait et acquiesçait poliment en direction de la femme. Elle ne prit même pas la peine de jeter un coup d'œil à Brody et ce n'était pas grave. La plupart des gens ne regardaient pas leur mécanicien. Tant que le travail était bien fait, c'était tout ce qui comptait.

Dès qu'il rentra chez lui, il sauta dans la douche et tenta de se frotter pour effacer la journée et les doutes. Il commençait à s'énerver puisqu'il n'arrêtait pas de s'inquiéter de choses qui ne s'étaient même pas encore produites. Il ferait mieux de profiter simplement du moment. Comme toujours. Pour l'instant, profiter du moment signifiait rendre Holly heureuse avec sa liste. S'ils avaient tous les deux un orgasme ou deux en même temps, alors ainsi soit-il.

— Quel comportement de salaud, marmonna Brody.

Il n'était pas si insensible et, faire comme s'il pouvait la déloger de son esprit et de son… oserait-il le dire ? De son cœur, allait le flinguer encore plus et finir par le blesser. Il valait mieux agir naturellement et *non* comme un crétin.

Une fois de plus, il se gara dans l'allée de Holly. Il n'eut même pas le temps d'éteindre le moteur que la femme dans sa tête sortait déjà de sa maison, fermant la porte à clé derrière elle. Elle avait son portable à l'oreille et fronçait les sourcils en avançant vers le pick-up. Il se pencha et ouvrit la portière pour qu'elle puisse entrer plus facilement. Elle lui sourit.

— D'accord, Ari. Je suis dans la voiture de Brody, maintenant, mais si tu as besoin tu peux m'appeler. D'accord ? Je suis tellement désolée que ton père soit un crétin et que tu traverses ça. Dis-moi ce dont tu as besoin, d'accord ? Harper prend soin de toi ?

Une pause.

— Comment ça, tu ne l'as pas encore dit à Harper ? Chérie, tu dois l'appeler. Maintenant.

Brody quitta son allée et elle articula silencieusement « désolée » en le regardant. Il secoua la tête, compréhensif. D'après ce qu'il saisissait de la situation, il était arrivé quelque chose à Arianna, l'amie d'Harper et de Holly. Il espérait qu'elle allait bien, étant donné qu'il n'aimait pas que Holly ait l'air si inquiète.

— Je t'aime aussi. Maintenant, repose-toi, d'accord ? À plus tard, chérie.

Elle soupira en mettant son téléphone dans son sac.

— Pardon. Le père d'Arianna est un connard.

Elle ne développa pas son explication et il se disait qu'elle n'en avait pas besoin. C'était le problème de son amie, Holly n'avait pas besoin de rentrer dans les détails.

Brody ricana. Holly ne jurait pas souvent, alors quand elle le faisait, cela envoyait du lourd.

— Tu veux que j'aille le bousculer un peu de ta part ?

Holy lui lança un petit sourire, mais secoua la tête.

— Ce n'est pas nécessaire, mais merci. Et de toute façon, et je pense que Harper serait celui qui bousculerait ce mec.

Brody tapota ses doigts sur le volant lorsqu'ils s'arrêtèrent à un feu rouge.

— Je me suis toujours demandé ce qu'il se

passait entre eux deux. Harper et Arianna, je veux dire. Harper prétend toujours qu'elle est sa meilleure amie et rien de plus.

Holly haussa les épaules et joua avec la lanière de son sac.

— Je ne sais pas exactement puisque je ne passe pas beaucoup de temps avec eux. Arianna n'a jamais le temps de faire quoi que ce soit à part prendre un déjeuner rapide avec moi, en ce moment, et avant qu'il commence avec *Montgomery Ink*, Harper travaillait pour son ancien patron qui était un salaud et n'avait jamais de temps libre non plus. Donc c'était tout un bordel.

Elle souffla.

— Je ne peux rien faire pour eux, alors j'imagine que je devrais les laisser gérer ça tout seul. Mais ça craint.

— Oui, c'est le cas, confirma-t-il. Ça te va si nous allons manger un morceau maintenant ? Nous pouvons retourner chez toi si tu n'es pas d'humeur.

Holly secoua la tête.

— En fait, je meurs de faim. Et si on rentre tout de suite, on va tous les deux vouloir quelque chose que je ne peux pas vraiment faire cette semaine.

Il grimaça pour elle. Il fréquentait des femmes depuis assez longtemps pour ne pas plaisanter sur cette époque du mois, mais il était heureux tous les jours d'être un homme et de ne pas avoir à gérer ça.

— Eh bien, on peut aller te chercher toute la nourriture que tu veux. Ils ont un gâteau au chocolat qui est vraiment bon si tu en meurs d'envie.

Elle lui lança un regard en coin et ricana.

— Toutes les femmes n'ont pas une folle envie de chocolat pendant leurs règles, Brody.

— Non, mais tu as mentionné que tu avais toujours envie de chocolat, alors je me suis dit que ça valait le coup d'essayer.

Elle rit et le poussa doucement.

— Tu es un crétin, mais oui, le chocolat, ça me tente bien. En général. Et je n'arrive pas à croire que je suis en train de parler de mes envies quand j'ai mes règles avec toi.

Il haussa les épaules.

— Nous parlons de tout le reste, pourquoi pas de ça ?

Seulement, il sut que c'était un mensonge dès que les mots quittèrent sa bouche. Il avait remarqué que tous les deux, ils avaient évité les sujets entourant leurs enfances. Et bien qu'il ait une raison pour ça, de son côté, il avait peur qu'elle en ait une aussi. Et peut-être, juste peut-être qu'ils devenaient un peu trop sérieux, trop vite à son goût. Mais il allait faire avec puisque, une fois de plus, il s'était promis qu'il ne lui ferait pas de mal.

— Tu es si bizarre, Brody Deacon, mais je t'aime bien.

Il se gara sur le parking d'un immeuble délabré et lui fit un clin d'œil.

— Moi aussi, je t'aime bien.

Ses joues rougirent, et elle pivota, observant cet endroit.

— C'est là que nous allons manger ?

Elle donnait l'impression de ne pas vraiment y croire. Bon sang, il ne pouvait pas lui en vouloir. Il n'y avait qu'une petite pancarte délavée devant la porte, et des fenêtres sombres. On aurait dit un endroit où un braquage avait mal tourné, pas un restaurant où trouver de la bonne nourriture, mais il y était déjà allé, et il aimait bien.

— J'ai un ami camionneur qui livre ici et qui m'en a parlé. L'endroit était propre, et la cuisine était immaculée. C'est l'un de ces trésors cachés dans Denver dont tout le monde parle, mais sans entrer dans les détails de peur qu'il devienne débordé. Le parking est seulement à moitié plein parce qu'il est un peu tôt pour dîner, mais je l'ai fait exprès. On ne pourrait pas avoir une table après dix-huit heures sans attendre longtemps.

— Si tu le dis, déclara-t-elle en riant. Et tu sais, Brody, on dirait que tu connais toujours un gars ou un ami qui connaît lui aussi quelqu'un.

Il fronça les sourcils lorsqu'ils sortirent de son pick-up et il lui prit la main pour la guider vers le restaurant.

— Ce n'est pas une mauvaise chose. Enfin, j'imagine que ça a l'air louche ou un truc du genre, mais ce n'est pas le cas. Je connais beaucoup de gens.

Et il ne les laissait pas devenir trop proches. C'est comme ça qu'il restait sain d'esprit. Bien sûr, il n'expliqua pas cette dernière partie.

— Il n'y a rien de mal là-dedans, répondit-elle rapidement. Tu connais beaucoup de gens dans différents domaines, et je pense que ça en dit davantage sur ton caractère que tout le reste. Tu es un homme bien qui aide tous ceux qui en ont besoin, peu importe à quel point ça a l'air fou. Enfin, allô, c'est comme ça qu'on s'est rencontré, après tout.

Il se pencha et déposa un baiser au coin de ses lèvres avant d'ouvrir la bouche.

—Je voulais juste coucher avec toi.

Elle le poussa.

— Menteur.

Il rit, l'attirant à l'intérieur, espérant une fois de plus qu'il ne commettait pas une très grosse erreur. La serveuse sourit à Brody avant de lancer un regard noir à Holly puis de partir d'un pas lourd vers un box en coin. Elle s'en alla vivement et Brody grimaça.

— Oh, bon sang, une autre de tes fans.

Holly se mit à rire.

— Mais, apparemment, elle n'est pas fan de moi. On dirait qu'elle est toujours au lycée, donc je vais dire qu'elle a un faible pour toi et que ce n'est pas l'une de tes ex.

Il la fusilla du regard.

— Malgré ce que nos amis pensent, je ne suis pas un dragueur. Et je suis carrément sûr de ne pas jouer avec les gamines de dix-sept ans. Ses parents sont propriétaires de ce restaurant et je la connais depuis qu'elle a onze ans ou à peu près. Elle me fait toujours ses yeux de biche, mais je me contente de sourire et de manger.

Holly le montra du doigt en faisant semblant de lui lancer un regard noir.

— C'est ton problème, mon grand. Tu souris et cette fossette apparaît. Les femmes tombent amoureuses de toi sans même y réfléchir. C'est une fossette très dangereuse.

Était-elle tombée amoureuse de lui ?

Il repoussa cette idée. Évidemment que non. Ils ne s'amusaient pas et se sépareraient en tant qu'amis quand ils en auraient fini, comme toutes les femmes avec qui il était sorti par le passé. Il était bien trop tôt pour avoir des pensées sérieuses, et il avait été prudent. Non ?

— Tu aimes ma fossette ?

Il sourit parfaitement pour que les fossettes apparaissent. Oui, il avait été un abruti d'adolescent qui s'était entraîné devant le miroir, et il savait exactement comment le faire.

Elle leva les yeux au ciel.

— Dangereuse. Fossette.

Elle agita le menu.

— Bon, qu'est-ce qu'il y a de bon ici ? J'adore la nourriture mexicaine, au fait, alors vive la nourriture épicée.

Il s'éclaircit la gorge, se sentant un peu triste qu'elle n'ait pas eu envie de l'embrasser directement après l'apparition de sa seconde fossette. Peut-être qu'elle y était immunisée.

Ou peut-être qu'il devait reprendre ses esprits.

— Tout est bon, mais j'aime leur plateau de dégustation qui présente un peu de tout.

Ses yeux s'agrandirent quand elle le contempla.

— Brody, c'est pour quatre personnes.

Il haussa les épaules et montra l'une des images plus en bas.

— En fait, tu regardais le petit plateau. On peut en prendre un grand et le partager si tu veux. Et si étonnamment, on ne peut pas tout manger, on peut emporter le reste chez toi et le terminer plus tard.

Elle ferma le menu et acquiesça :

— C'est une bonne idée. Mais tu me feras rouler par terre quand on aura fini, d'accord ?

Il gloussa.

— Marché conclu.

LORSQU'ILS S'ALLONGENT l'un à côté de l'autre sur le canapé, plus tard ce soir-là, devant un film quelconque et avec leur ventre plein, Holly grogna :

— Pourquoi m'as-tu laissé manger autant ?

Brody soupira d'un air tremblant.

— Chérie, je suis presque sûre que même *moi*, j'ai trop mangé.

Son estomac protesta lorsqu'il gigota sur le canapé pour essayer de trouver une façon de se mettre plus à l'aise. Elle s'allongea devant lui, son dos contre son ventre pour qu'ils puissent tous les deux voir la télé sans avoir à bouger. Normalement, cela le rendait vraiment excité, mais il avait peut-être fait quelque chose qu'il n'avait jamais fait.

Il était rassasié.

— C'est tellement sexy, marmonna-t-elle. Tu as failli me faire rouler littéralement hors de ce restaurant. Pourquoi la nourriture était-elle si bonne ? Pourquoi s'est-on obligé à subir ça ?

Il soupira et bougea les doigts pour qu'ils soient posés sur sa poitrine. Il ne pouvait s'en empêcher, c'était confortable.

— C'est un endroit dangereux, très dangereux.

Elle tapota doucement sa main.

— J'aime que tu me pelotes, là.

Il grimaça et tenta de s'éloigner, mais elle le maintint contre son sein, appuyant encore davantage sa main contre elle.

— Pardon. Ta poitrine est sensible ?

Elle soupira et colla ses fesses contre son entre-jambe. Il fit de son mieux pour penser à autre chose afin de ne pas durcir, mais c'était inutile. Elle était *juste là* et son sexe le savait. Son érection devint plus dure et se rapprocha de la jeune femme, appréciant l'endroit, tout chaud et confortable.

— Mes tétons ne sont pas trop sensibles cette fois-ci, heureusement. Et je ne sais pas pourquoi, mais je suis confortablement installée, à l'aise avec ta main me tenant et le Petit Brody appuyé contre mes fesses. Je suis en train de te provoquer, là. Je peux t'aider si tu veux…

Elle se tut et il grogna. Au lieu de répondre tout de suite, il enleva sa main de sa poitrine et tira la couverture derrière le canapé pour la mettre sur eux. Puis il mit ses doigts exactement où ils étaient avant, satisfait.

— Quand nous ne serons plus tous les deux sur le point d'exploser, je pourrais accepter ton offre, mais je passe vraiment un bon moment là, blotti contre toi.

— Vraiment ? demanda-t-elle, son regard vif quand elle jeta un coup d'œil par-dessus son épaule.

Il l'embrassa dans le cou.

— Oui. Vraiment.

— Bien. J'aime ça, aussi.

Elle se retourna vers le film à l'écran et souffla. Cela devrait l'inquiéter. Il ne faisait pas de câlins, il ne faisait pas de telles choses, mais voilà où il en était, appréciant le moment et sachant que c'était le seul endroit où il aimerait être.

Il avait besoin de prendre un peu de recul, il

devait se souvenir qu'il n'était pas du genre à se lancer dans une relation. Mais avec Holly dans ses bras, il était difficile de s'en rappeler.

Et au final, il avait peur de la briser à cause de ça.

Chapitre 8

Chapitre 7

QUELQUES SEMAINES PLUS TARD, Holly était presque sûre qu'elle avait perdu la tête.

— Peut-être que cette fois-ci, on en fait trop, dit la jeune femme en grimaçant. Enfin, la dernière chose sur la liste, c'était « trop manger », donc sauter d'un pont, ça dépasse peut-être un peu les limites.

Ses mains ne tremblaient pas encore, mais elles n'en étaient pas loin.

Brody l'attira dans ses bras et lui embrassa le sommet du crâne.

— En fait, le dernier élément coché sur la liste, c'était s'envoyer en l'air dans la douche, et je pense qu'on l'a plutôt bien réussi. Si tu ne te souviens pas, on peut recommencer, même si cette fois, je ne vais pas te laisser te mettre à genoux très longtemps pour que tu me suces. *Je* veux passer plus de temps agenouillé pour te dévorer et jouer avec ta chatte. Parce que c'était canon, tellement que j'ai failli jouir, ce qui est la raison pour laquelle j'ai dû me retirer rapidement pour dérouler ce préservatif.

Elle rougit tellement qu'elle était certaine qu'un astronaute dans l'espace pourrait voir ses joues enflammées. Elle nicha son visage contre le torse de Brody, heureux qu'ils soient seuls dans la petite zone à côté du pont pour que personne ne puisse les entendre.

— *Brody.*

— Quoi ? demanda-t-il innocemment.

Il n'y avait rien d'innocent chez lui et ils le savaient tous les deux.

— Ne me dis pas « quoi » comme ça, répondit-elle en souriant.

Elle tenta de ne pas sourire, mais c'était impossible quand il était près d'elle.

— Tu ne peux pas parler de détails comme ça

en public. On est peut-être seul en ce moment, mais ça pourrait changer n'importe quand.

Il l'embrassa ensuite vivement, sa langue s'insinuant dans sa bouche avec une vigueur qui lui donna envie d'enrouler son corps autour de lui et de ne jamais le lâcher. Lorsqu'il se retira, ils haletaient tous les deux et elle pouvait sentir son érection s'appuyer contre sa hanche. Elle était presque sûre que sa culotte était trempée également. C'était ce maudit homme qui lui provoquait ça et il ne cachait pas sa joie.

— *Brody*, répéta-t-elle. Arrête.

Il l'embrassa sur le bout du nez.

— Non. Je ne vais pas arrêter. Mais je peux t'emmener jusqu'à la voiture et loin de cette crête montagneuse maintenant, si tu en as envie. Tu as dit que tu voulais essayer le saut à l'élastique, alors voilà où nous en sommes. C'est l'une des choses sur ta liste, mais pas la seule. J'élimine les éléments un par un plutôt que de passer directement aux éléments sérieux pour que tu n'aies pas cette anticipation nerveuse qui te fait flipper.

Cela aurait dû l'inquiéter qu'il la connaisse aussi bien, pourtant, elle eut l'impression de ne pas être seule. Elle commettait une immense erreur en lui faisant ainsi confiance, en faisant la pire chose possible…

Tomber amoureuse de lui.

Elle avait vu ce qu'il se passait quand une personne de sa famille tombait amoureuse et elle avait juré de ne pas le faire. Elle était passée à deux doigts avec Jake et pourtant, elle était assez heureuse de se rendre compte qu'ils étaient mieux en tant qu'amis.

Tomber amoureuse de Brody ne lui ferait que plus de mal à la fin.

Cela lui ferait tellement mal qu'elle n'était pas sûre de s'en sortir.

Alors au lieu de tomber amoureuse de lui, aujourd'hui, elle tomberait d'un pont. Attachée à une corde élastique, bien sûr, mais elle sautait quand même d'un putain de pont. Pourquoi avait-elle écrit cela sur sa liste ? Oh, ouais, parce qu'elle souhaitait un peu de changements dans sa vie.

La prochaine fois, elle se contenterait peut-être de modifier la couleur de ses draps ou quelque chose comme ça. C'était plus sûr.

— Tu veux retourner à la voiture ? On peut le faire.

Elle leva les yeux avant de lui embrasser la mâchoire. S'il y avait bien une chose qu'elle savait, c'était que Brody ne lui ferait jamais de mal physiquement. Pour son âme ou son cœur ? Eh bien, cela serait uniquement sa faute. Elle allait juste devoir arrêter de tomber amoureuse de lui. Il ne lui avait fait aucune promesse et elle allait devoir faire de son mieux pour ne pas analyser profondément ce qu'ils partageaient.

Peut-être que si elle lui en disait plus sur ce qu'elle était et d'où elle venait, cela lui permettrait de rester en sécurité. Cela bâtirait un mur entre eux pour que ni l'un ni l'autre ne soit blessé.

— Holly ?

— Allons-y. Je ne veux rien louper, expliqua-t-elle rapidement.

Sauter à l'élastique serait plus facile que de tomber amoureuse de lui ou de s'ouvrir à lui de toute façon. Et après ça ? Eh bien, elle trouverait une solution.

Il coinça ses cheveux derrière sa nuque.

— Si tu en es sûre.

— Je le suis.

Peut-être. Elle n'était sûre de rien d'autre, donc elle ferait mieux d'être certaine à propos de ça.

— D'accord, allons-y, alors. Souviens-toi, tu peux renoncer à tout moment jusqu'à ce qu'on commence à se pencher en avant.

Elle lui donna un coup de coude dans le ventre, retenant son sourire. Ce foutu mec savait sans doute comment atteindre les endroits qu'elle cachait profondément depuis si longtemps. Si longtemps, en fait, qu'elle avait même oublié qu'elle le faisait. Pas étonnant que Jake et elle, ou n'importe quel autre homme qu'elle avait fréquentés n'aient pu avoir une relation durable.

Ils ne l'avaient pas vue, *elle*.

Et pourtant, elle avait l'impression que c'était le cas de Brody.

À nouveau, c'était un danger qu'elle n'avait pas écrit sur sa liste.

Tous les deux, ils reçurent une nouvelle fois les instructions et écoutèrent les responsables leur dire ce qu'ils avaient besoin de faire, leur expliquant un peu la sensation qu'ils ressentiraient. Bien sûr, peu importait ce qu'ils disaient, elle était presque sûre que la seule façon de le *savoir* serait de le faire pour de vrai.

Et même si cela lui faisait peur, elle voulait essayer. Elle souhaitait sentir le vent sur son visage, savoir que son corps était en train de flotter, même pour un instant.

Le fait qu'elle serait en même temps attachée à

Brody ne rendait que l'expérience encore meilleure, et peut-être plus effrayante.

Ils étaient le deuxième couple à sauter, le premier était un habitué du saut à l'élastique. Holly avait son casque et son équipement, et s'appuyait contre le flanc de Brody.

— C'est ma première fois aussi, chuchota Brody.

Elle se retourna vers lui.

— Quoi ? Je pensais que tu savais ce que tu faisais.

Elle déglutit difficilement, sa bouche s'asséchant.

— Moi aussi, j'ai certaines choses sur ma liste. Mais je me suis dit que je devrais te faire croire que je l'avais déjà fait. Maintenant, j'ai l'impression d'avoir pris la mauvaise décision.

Elle secoua la tête et le serra fermement contre lui.

— On peut y arriver. On va juste avoir notre première fois ensemble.

Il gloussa brutalement et chuchota à son oreille :

— On va y aller doucement et lentement pour perdre notre virginité. Ne t'inquiète pas.

Elle l'embrassa subitement, puis prit une brusque

inspiration quand l'instructeur appela leurs noms. Avec ses épaules en arrière, elle se mit en position et suivit chacune des règles, écoutant attentivement ce qu'ils devaient faire. Les responsables préparèrent le tout et vérifièrent une troisième fois l'équipement, avant de les tapoter sur l'épaule, leur disant quoi faire pour la quatrième fois. Pour une telle activité, elle accepterait bien une cinquième explication.

Brody et elle étaient appuyés l'un contre l'autre, prêts à faire le grand saut. Elle n'était pas sûre de vouloir penser que c'était un symbole ou non, mais dans tous les cas, elle ne pouvait pas y réfléchir.

Brody souffla.

— Prête, Holly ?

Elle acquiesça.

— Prête.

Pour quoi ? Elle l'ignorait.

— Je te tiens, dit-il calmement. Toujours.

Puis ils sautèrent.

Ou plutôt, ils s'inclinèrent sur le côté et tombèrent, mais ils eurent *l'impression* de sauter. Le vent les fouetta tant qu'elle ne put crier. Pendant une seconde, elle se sentit comme un poids plume, avant d'avoir le sentiment d'être *trop* lourde et de rebondir. Elle ne comprenait pas vraiment tout ce qu'elle voyait, mais elle savait qu'elle ne l'oublierait jamais.

Elle n'oublierait jamais cette sensation de voir les objets se précipiter autour de soi.

La façon dont l'eau en dessous gargouillait sous leur tête et brillait sous le soleil.

La manière dont le vent glissait sur son visage et la fouettait.

Et elle n'oublierait jamais le sourire sur le visage de Brody, ou l'admiration qui se lisait dans ses yeux.

De toute sa vie, elle ne l'oublierait jamais.

Lorsque les instructeurs en bas les tirèrent et les séparèrent, Holly fut prête à rester collée à Brody et à ne plus jamais le lâcher.

— Je ne me suis jamais sentie plus… simplement plus ! déclara-t-elle en passant ses bras autour du cou du jeune homme. Oh, mon Dieu, Brody, on doit recommencer.

Elle écarquilla les yeux et il l'embrassa violemment.

— J'avais peur de me pisser dessus au début, bon sang. Tu as vu ce qu'on vient de faire ? Mais t'avoir dans mes bras a rendu l'expérience plus facile. Nous formons une assez bonne équipe, Holly.

Oui, c'était le cas. Ils formaient la *meilleure* équipe.

Et lorsqu'ils iraient chez elle, plus tard, elle devrait lui en dire un peu plus sur elle. Elle était prête et il était temps.

Seulement, elle ne savait pas si elle voulait que sa révélation le repousse ou le rapproche. Elle ne savait simplement pas.

Et cela l'effrayait.

LORSQU'ILS PASSÈRENT CHERCHER à manger avant de se rendre chez elle, l'adrénaline était descendue, mais pas le besoin de parler à Brody. Holly ne savait pas pourquoi elle avait cette envie, excepté qu'elle savait qu'il était grand temps qu'elle en dévoile plus sur elle-même.

Ils étaient assis sur son canapé, à déguster des sandwichs qu'ils avaient achetés chez le traiteur du coin, quand Brody la regarda en fronçant les sourcils.

— Quoi ? demanda-t-elle en picorant son repas.

— Pour quelqu'un qui vient de faire du saut à l'élastique pour la première fois et qui a apparemment aimé, tu as l'air un peu triste. Qu'est-ce qui t'arrive, chérie ?

Elle reposa son sandwich et se tourna pour être assise sur le canapé les jambes croisées, faisant face à lui.

— Tu t'es déjà dit à quel point c'était bizarre que j'aie envie de faire toutes ces choses soudainement ?

Brody posa sa boisson et pivota pour être totalement face à elle. Il tendit la main et saisit la sienne, et elle lui en était reconnaissante.

— Pas vraiment, honnêtement. Nous avons tous un moment, dans notre vie où nous voulons faire quelque chose de différent ou nous voulons changer les choses. Pour moi, j'avais de la chance d'être là, à espionner horriblement ta conversation quand tu parlais de ça.

Il sourit et son cœur fit cette chose étrange où il accéléra simplement en le voyant.

Elle ne pouvait pas se permettre de tomber amoureuse de Brody Deacon.

Mais bon sang, c'était déjà fait.

Holly lui arracha son regard et donna un petit coup d'œil à sa maison.

— Pendant des années, j'ai vécu ici sans changer grand-chose à part le rafraîchissement initial. J'aime la façon dont tout s'est fait tranquillement, et que je puisse rester ici pendant de longues périodes sans avoir besoin de quoi que ce soit. Tu vois, je ne suis pas du genre à sortir de la maison pour aller danser, et je ne suis jamais allée dans une boîte de nuit pour boire avec mes amis.

Brody grimaça.

— On peut changer ça si tu veux, mais je pense que je me fais vieux puisque regarder de grands adolescents et de jeunes adultes se tortiller sur une musique trop forte me donne mal à la tête.

Elle secoua la tête, un sourire se lisant sur son visage.

— Je ne veux pas aller en boîte de nuit. Tu as raison, ça ne me ressemble pas du tout. Et même si je fais de nouvelles choses, sortir et me faire mal aux oreilles, ainsi qu'aux pieds après avoir dansé ou être restée en talons pendant trop longtemps, ça ne mérite pas d'atterrir sur ma liste.

Il lui serra la main.

— C'est bon à savoir. Maintenant, pourquoi ne me dis-tu pas ce qui te tracasse vraiment, Holly ? Tu peux tout me dire.

— C'est ça le truc, chuchota-t-elle. J'ai l'impression que je peux, mais je ne l'ai jamais raconté à personne, avant.

Elle croisa son regard, encore une fois inquiète de commettre une erreur.

— Et nous sommes… eh bien, je ne sais pas ce que nous sommes, mais aller au fond de sujets importants comme mon enfance m'a l'air assez sérieux, et j'ignore si nous pouvons le faire.

Là. Elle avait dit en partie ce qu'elle voulait.

Le visage de Brody se ferma légèrement et elle eut envie de se mettre une claque.

Pourquoi devait-elle évoquer leur relation ainsi ? Rien de bon ne pouvait en découler.

— Tu peux me parler, déclara-t-il d'une voix un peu rauque. Apparemment, il allait laisser tomber la partie sérieuse de leur relation et franchement, elle n'était pas sûre que cela la dérange ou non.

— D'accord, alors.

Elle prit une grande inspiration.

— Alors, je suis une gentille fille.

Il lui sourit.

— Pas quand je te fessais hier soir.

Elle rougit et secoua la tête.

— Je ne parle pas de *ça* et tu le sais.

— Généralement, mon esprit finit toujours par penser au sexe d'une façon ou d'une autre. Je ne peux pas m'en empêcher quand tu es dans la même pièce que moi.

Elle ferma les yeux, retenant un rire. C'était clair qu'il ne rendait pas la tâche facile.

— Donc, comme je te disais… je suis une gentille fille. Celle qui ne fait jamais rien qui sort de l'ordinaire. Je suis la fille sympa. Celle qui ne marche pas sur les pieds des autres. J'essaie de changer ça, du moins, le fait d'être ordinaire. Je ne veux pas me métamorphoser en pétasse pour faire plaisir aux gens.

Elle fronça les sourcils.

— Ma phrase n'avait aucune logique.

Il tendit la main et caressa ses cheveux.

— Je t'ai compris. Continue.

— Je ne suis jamais vraiment sortie avec quelqu'un, avant. Enfin, un peu avec Jake, mais pas vraiment.

À cause du regard de Brody, elle grimaça.

— Pardon. Je sais que l'évoquer est bizarre parce qu'il est notre ami à tous les deux, mais il était réellement le premier garçon avec qui je sortais et qui me poussait un peu. Mais il ne m'a pas assez poussé. Pas comme toi tu le fais.

Son regard s'assombrit.

— Je te pousse ? Parce que si je fais ça, j'ai besoin de la savoir, Holly. Je ne veux pas du tout te faire du mal.

Elle secoua la tête.

— Je ne sais pas m'exprimer. Tu me pousses

parce que je t'ai demandé de le faire. Tu me montres ce que j'ai raté tout ce temps, à me cacher derrière mes pulls et mes livres. J'ai toujours aimé qui je suis et ce que j'ai accompli Brody. Je m'aimais parce que j'étais celle qui devait tout faire, toute seule dans ma vie. Je n'avais personne sur qui me reposer. Et à cause de ça, je me suis transformée en quelqu'un avec tous ces boucliers autour de moi, tellement que j'ai oublié comment m'amuser. Comment vivre. Tu m'as montré tellement de choses depuis qu'on s'est rencontré et je t'en serai éternellement reconnaissante. Parce que pendant tout ça, tu n'as jamais essayé de me changer. Tu m'as laissé être moi-même.

— C'est ce que tu voulais Holly. Je ne vais pas te changer. J'*aime* la personne que tu es. Et puisque je suis moi et que je pense au sexe, même maintenant, je t'aime bien dans ces cardigans. Les boutons sont sacrément sexy à défaire quand tu te mords la lèvre comme ça.

Elle ricana, un rire menaçant de s'échapper.

— Tu es horrible, tu le sais ?

Brody haussa les épaules.

— Tu aimes ça.

— Oh que oui !

Elle aimait ça. Mais ce n'était pas le moment de le mentionner.

— Bref, il y a une raison si je suis comme ça, si j'étais comme ça.

Il ne répondit rien, donc elle continua.

— Ma mère est tombée malade quand j'étais enfant. Ce n'était pas un cancer, mais une infection du poumon qui est devenue grave pendant une période. Finalement, elle s'en est remise, mais elle n'était plus la même personne. Je pense qu'elle s'est habituée à ce que je sois avec elle pour prendre soin d'elle, et elle n'a jamais vraiment voulu que ça change. Donc, de mes sept à mes dix-huit ans, quand je suis partie à l'université grâce aux bourses que j'avais moi-même demandées, j'étais à sa disposition. Chaque fois qu'elle avait besoin, j'étais là pour elle. Dès qu'elle avait l'impression qu'elle retombait malade, je devais rester à la maison, ne pas aller à l'école pour prendre soin d'elle. Plusieurs médecins lui disaient qu'elle était en bonne santé, mais elle refusait de les croire. J'ai perdu les quelques amis que j'avais étant enfant parce que je ne pouvais jamais les voir et j'ai presque dû redoubler parce que j'avais raté trop de jours d'école. Heureusement, j'avais d'assez bonnes notes donc, curieusement, j'ai réussi à y échapper et j'ai eu mon diplôme avec les félicitations, mais ce n'est pas passé loin.

Brody fronça les sourcils.

— Et ton père dans tout ça ? Tu ne l'as pas mentionné.

Elle soupira.

— Mon père était là pour payer les factures et manger le dîner que je lui préparais tous les soirs. Mais c'est tout. Ils ne dormaient pas dans le même lit, parce que maman avait besoin de soin et papa, de sommeil. Si maman avait l'impression d'être malade la nuit, c'était moi qui me réveillais et qui gérais ça. Mon père m'a plus ou moins ignoré pendant cette décennie et, franchement, il m'ignore encore maintenant. Je pense qu'ils vivent toujours dans la même maison parce que je leur envoie une carte de Noël tous les ans et qu'elle ne m'est pas retournée, mais c'est tout ce que je sais. Je suis partie pour aller à l'université et je ne suis jamais revenue. C'était la seule façon pour que je puisse me regarder dans le miroir chaque matin. J'étais devenue l'ombre de moi-même et je n'aimais pas cette personne.

Brody tendit la main et prit son visage en coupe.

— J'ai envie de trouver tes parents et de leur mettre des claques jusqu'à ce qu'ils comprennent ce qui ne va pas, mais ça n'aiderait pas. Je suis heureux que tu aies trouvé une échappatoire, mais bon sang, ce n'est pas une bonne façon de grandir.

Elle haussa les épaules.

— C'était comme ça et je m'en suis sortie. Mais j'étais *tellement* déterminée à aller à l'école et à obtenir mon diplôme, puis ma certification, que je n'ai jamais vraiment arrêté d'être cette ombre. J'ai travaillé pour tout payer, afin de ne pas avoir à me reposer sur quiconque, et j'ai fini par avoir un travail qui m'a aidé à acheter cette maison, mais à travers toutes épreuves, je me suis éloignée de tout le monde. Ça ne fait que quelques années que j'ai commencé à avoir des amis.

Elle grimaça.

— Je sais que ça a l'air bizarre, mais c'est moi. L'Étrange Holly Rose.

Il secoua la tête et fronça les sourcils.

— Il n'y a rien de bizarre chez toi, Holly.

Il y avait cependant quelque chose de curieux dans son ton. Elle ne pouvait dire de quoi il s'agissait, mais lorsqu'il lui sourit, cela n'atteignit pas vraiment son regard. Il la serra dans ses bras peu de temps après et elle sentit son cœur battre dans ses oreilles. Il ne discuta pas de ce qu'elle lui avait avoué ce soir-là.

Ils ne firent pas non plus l'amour.

Il ne dormit pas chez elle.

Au lieu de ça, il l'embrassa doucement avant de dire qu'il devait rentrer chez lui pour aller au travail le lendemain, puisqu'il commençait tôt. Elle le laissa partir, puisqu'il l'avait mentionné avant, mais elle avait cru qu'il ferait tout de même comme d'habitude et dormirait chez elle quoiqu'il arrive.

Ça n'avait aucun sens… et cela n'aurait pas dû.

Elle lui en avait dit plus sur elle-même, elle avait essayé de se rapprocher de lui et il l'avait fuie.

Peut-être qu'elle avait eu raison, peut-être qu'elle avait commis une erreur en lui parlant d'autres choses que de sa liste.

Elle était tombée amoureuse de Brody, mais elle avait tellement peur que la réciproque ne soit pas vraie.

Et qu'elle ne le soit jamais.

Chapitre 8

BRODY ÉTAIT UN IDIOT. Il le savait mieux que quiconque et pourtant, chaque fois qu'il faisait quelque chose d'aussi stupide comme la veille au soir, son niveau de crétinerie l'étonnait.

Il l'avait *laissée* une fois qu'elle lui avait dévoilé son passé. Elle avait eu besoin de lui, et il avait fui comme un lâche. Non seulement il avait envie de trouver ses parents et de les frapper pour avoir osé lui faire du mal, mais il devait également se reprendre.

— Qu'est-ce qu'il t'arrive ? demanda Derek en entrant dans *Taboo*.

Brody était assis dans la boutique, regardant son café refroidir et essayant de penser à ce qu'il allait dire quand il verrait Holly ensuite.

—Je suis un idiot.

Derek se glissa dans le box en face de Brody et acquiesça.

— Eh bien, oui. Tu es l'homme qui sort avec une femme bien meilleure que toi. Alors, oui, tu es un idiot.

Brody observa le café, à la recherche d'enfant. Il n'en vit aucun, donc il fit un doigt d'honneur à son ami.

— Elle *est* mieux que moi, mais merci de me le rappeler.

Derek haussa les épaules et récupéra un morceau de fromage sur l'assiette de Brody. Il fit une révérence avec le bout dans la main et Brody balaya l'attitude de son ami d'un revers de la main. L'autre homme lui sourit avant de croquer dans le fromage, ses yeux toujours troublés. Alors, la nourriture ici était bonne, mais Brody avait été incapable d'avaler quoi que ce soit, son esprit partant dans mille directions différentes.

— Je pourrais épouser Hailey rien que pour ses petits plats, fredonna Derek.

Brody haussa un sourcil.

— Et Sloane te tuerait, même avec une main coincée dans le dos. C'est un vrai char d'assaut.

— C'est clair. Je suis surpris qu'il ne t'ait pas mutilé quand tu as demandé à Hailey de sortir avec toi.

Brody plissa les yeux.

— Hé, ils ne sortaient pas ensemble à ce moment-là. En fait, j'ai poussé Sloane à se rapprocher d'elle et à lui demander de sortir avec lui. En gros, je les ai mis ensemble, tous les deux.

Derek soupira.

— Oui et je vais faire comme si je te croyais. Alors, dis-moi, ô, grand sage, si tu avais suffisamment foi en eux et en leur relation pour les mettre ensemble, pourquoi es-tu assis tout seul, boudant devant un café froid, sans ta copine, là ?

Parce que Sloane et Hailey ne sont pas moi.

Il ne le dit pas, bien sûr. Comment le pouvait-il ? Derek ne comprendrait pas et Brody avait du mal à appréhender ses propres réactions ces temps-ci. C'était le problème avec les relations. Elles gâchaient la vie des personnes impliquées et finalement, les gens finissaient par être blessés. Les gens *mouraient*.

— Tu vas me répondre ? Ou est-ce que ton café te balance des mots doux, voire les secrets de l'univers ?

Brody ricana.

— Le café de Holly n'est pas si bon.

Derek grimaça et observa rapidement autour de lui.

— Tu es fou ? Tu ne peux pas le dire si fort, ici. Elle a peut-être l'air adorable, mais son crochet du gauche est vraiment vilain.

Brody leva les yeux vers l'autre homme et fronça les sourcils.

— Je gâche tout.

Le regard de Derek s'emplit de compassion.

— Si tu es ici et pas avec Holly pendant ton temps libre, tu gâches tout, oui. Mais ? Tu sais que tout le clan des Montgomery et des Gallagher a menacé de te tuer si tu lui faisais du mal ? Je ne fais pas exactement partie du groupe.

Après ce rappel, Brody grimaça.

— Alors tu ne vas pas me tuer si je lui fais du mal ?

Ou peut-être qu'il aurait dû dire *quand* il lui ferait du mal.

— Oh, je vais te tuer, mais après m'être assuré que tu allais bien. Je suis ton ami, Brody. Je sais que tu es celui qui connaît tout le monde, mais tu nous repousses tous à une certaine distance de sécurité. Ce n'est pas grave si tu souhaites vivre ainsi, mais peut-être que tu devrais essayer quelque chose de différent. Peut-être que tu devrais te reposer sur quelqu'un. Et pendant que j'y suis, je dirais bien que Holly devrait être la première personne sur laquelle tu devrais t'appuyer. Pas moi.

Brody secoua la tête.

— Je ne veux pas lui faire de mal.

— Alors, ne le fais pas.

— C'est facile pour toi de le dire, tu es célibataire.

Brody jura quand il aperçut l'air douloureux dans le regard de Derek, avant que celui-ci ne le chasse d'un clignement d'œil.

— Merde. Je suis désolé.

Derek agita la main.

— C'est effectivement simple pour moi de te dire de ne pas lui faire de mal, parce que je n'ai rien à voir avec ça. Mais cela ne rend pas moins vrai ce que je te dis. Si tu veux continuer avec elle, fais-le, mais sache que tu vas peut-être devoir t'ouvrir davantage à elle. Tu vas peut-être devoir lui avouer les secrets que tu caches à tout le monde. Nous sommes tous conscients que tu en as.

Brody se redressa.

— Qu'est-ce que tu veux dire ?

Derek se contenta de secouer la tête.

— On te connaît, mon pote, mais en même temps, on ne te *connaît* pas vraiment. Tu ne veux pas nous laisser faire. Et non, on ne mijote rien derrière ton dos, mais c'est l'impression qu'on en a. D'accord ? Alors, si tu veux être avec Holly, tu dois être plus que le Brody souriant et heureux. Montre-lui que tu le veux vraiment. Fais-lui la cour. Soit *à elle*. Ne gâche pas tout parce que tu as peur. Parce qu'avoir peur, ce n'est pas grave, mon pote. Nous avons tous peur. Ne laisse pas cette crainte te définir entièrement. Holly mérite plus que ça et toi aussi.

Et sur ces mots, Derek cogna ses articulations sur la table et se leva pour partir. Brody le regarda s'en aller, se demandant une fois de plus comment Derek pouvait en savoir autant, alors qu'il lui révélait si peu de choses.

Soupirant, Brody se leva et laissa un pourboire sur la table. Il avait déjà donné un pourboire à Hailey à la caisse, mais il avait occupé cette table pendant bien plus longtemps que nécessaire. Alors qu'il conduisait jusqu'à chez Holly, il fit de son mieux pour contrôler ses pensées. Tous les deux, ils n'étaient pas sérieux, même s'ils parlaient de choses qui l'étaient. Ils n'avaient rien prévu d'autre que ce qu'il y avait sur la liste, et pourtant, il avait le sentiment que s'il ne faisait pas attention, il finirait dans une situation qu'il ne pourrait supporter. Pendant tout ce temps, il avait été bien, tout seul, et ça ne pouvait pas changer. Il ne l'autoriserait pas. Il allait aider Holly avec sa liste parce qu'il le voulait, puis il s'en irait avant que quiconque ne soit blessé.

C'était ce qu'il y avait de mieux à faire pour tout le monde.

Lorsqu'il se gara devant son cottage, il se dit qu'il s'était suffisamment menti à lui-même pour traverser ça. Elle ouvrit la porte dès qu'il frappa et fronça les sourcils en le regardant.

— Je ne savais pas que tu passerais.

Sa voix n'était pas furieuse ou blessée, juste confuse.

Il était réellement un crétin.

— Je suis partie tôt hier et je voulais te voir.

Ça, au moins, c'était vrai.

— Oh, dit-elle.

Elle fit un pas sur le côté pour le laisser entrer.

— Je viens juste de faire du sport et j'allais faire un saut sous la douche.

Il parcourut son corps de bas en haut, l'eau à la bouche en voyant la transpiration couler entre ses seins et ses affaires de sport moulant chaque courbe. Il tendit la main et saisit sa hanche.

— J'aime bien ce pantalon, déclara-t-il d'une voix rauque. Il colle parfaitement à ta peau.

Elle leva les yeux au ciel.

— Je suis ravie que tu le penses.

Elle se mit sur la pointe des pieds et embrassa son menton. Il baissa la tête pour prendre ses lèvres entre les siennes. C'était un rapide baiser, mais il était rempli de tellement de chaleur qu'il dut reculer avant de faire quelque chose de stupide.

Du style, de la jeter par terre pour qu'ils s'envoient en l'air comme des animaux.

— Tu veux quelque chose à manger pendant que je me douche ? demanda-t-elle et il secoua la tête.

— Je suis désolé d'être parti comme je l'ai fait, cracha-t-il.

Bon sang, il n'avait pas voulu dire ça.

Elle se figea.

— Ce n'est rien.

— Non. Ce n'est pas rien. Tu t'es ouverte à moi et j'ai fui. Je suis désolé.

Elle passa ses bras autour de sa taille tandis qu'il mettait les mains sur ses épaules.

— Je comprends.

— Tu ne devrais pas.

Il soupira et recula. Il ne pouvait pas réfléchir en la touchant.

— Je ne suis pas très doué pour les relations, Holly. Je ne l'ai jamais été.

Elle inclina la tête.

— Alors qu'est-ce que tu fais ?

Il passa une main dans ses cheveux.

— Je ne sais pas. C'est ça, le problème.

Elle releva le menton.

— La porte est juste derrière toi si c'est un si grand problème.

Il jura dans sa barbe et secoua la tête.

— Merde, je fais tout de travers.

— Oui, je crois.

Il adorait quand elle se défendait et disait ce qu'elle avait sur le cœur, mais à ce moment-là, il eut envie de la secouer et d'en faire de même pour qu'ils reprennent leurs esprits.

— Je n'ai jamais aimé, Holly. Pas depuis que je suis gamin. Je ne sais pas comment faire et je ne pense pas en être capable.

Son visage pâlit.

— C'est bon à savoir.

Sa voix était devenue rauque et il eut envie de la serrer dans ses bras, mais il avait conscience que ce serait la pire chose à faire.

Il prit une grande inspiration et lui dit la seule chose qu'il n'avait jamais dite à quiconque.

— Ma sœur est morte quand j'étais enfant, et c'était ma faute.

Elle écarquilla les yeux.

— Quoi ?

Elle tendit la main vers lui, mais il fit un pas en arrière. Une fois encore, il ignora la douleur et la confusion sur le visage de la jeune femme. Il le devait, sinon il s'effondrerait.

Il ne pouvait pas s'effondrer.

— J'avais onze ans et j'étais censé surveiller ma sœur. Nous avions la chance que notre maison au Texas ait une piscine. Mes parents étaient à l'intérieur, se criant dessus et se jetant des choses au visage, comme d'habitude. Ils m'ont dit d'emmener Sarah à l'extérieur, et je l'ai fait. Mais j'en avais assez de la surveiller comme je l'avais déjà fait tout l'été, alors j'ai pris ma Game Boy avec moi. Elle éclaboussait les alentours et s'amusait toute seule. Puisqu'elle nageait bien, je n'ai pas fait attention.

Holly posa les mains sur ses bras et il souffla. Il

ne s'était pas rendu compte qu'il les avait croisés sur son torse, se bloquant du monde. D'*elle*.

— Elle a plongé au plus profond, comme elle le faisait toujours, mais apparemment, cette fois-là elle s'y est mal prise.

La bile remplit sa gorge et il fit de son mieux pour ne pas vomir ici et maintenant.

— Oh, Brody…, chuchota Holly.

— Elle n'est pas morte tout de suite, d'après les médecins. Il lui a fallu longtemps pour se noyer, même si elle ne pouvait pas bouger. Je n'étais pas censé entendre cette partie-là, mais je n'ai jamais été doué pour obéir. Peut-être que si je l'avais fait, ma sœur serait toujours en vie.

— Ce n'est pas ta faute. Tu étais un enfant, Brody. Les accidents, ça arrive et tes parents auraient dû la surveiller également.

Il secoua la tête, la colère et la haine de lui-même le submergeant comme chaque fois qu'il pensait à Sarah.

— Elle était sous ma responsabilité. Mes parents l'ont dit.

Il serra sa mâchoire en se souvenant des accusations, des coups reçus. Il avait tout mérité, même les cicatrices sur son dos à cause de la ceinture que son père avait utilisée encore et encore. Holly les avait senties, bien sûr, mais elle n'avait jamais rien demandé. Il ne lui avait rien raconté non plus. Il en était incapable.

— Tes parents n'auraient pas dû dire ça, cracha Holly.

Les larmes coulaient sur ses joues.

Il ne pouvait supporter ses larmes, il ne pouvait plus rien supporter.

— Mes parents ont continué à se battre jusqu'à ce que ma mère perde le désir de faire quoi que ce soit. Elle s'est suicidée huit mois après la mort de Sarah. Elle a trop bu et a pris un flacon de pilules que le médecin lui avait donné pour qu'elle reste sous calmants après le choc. Papa m'en a aussi voulu, et il ne m'a plus vraiment parlé après.

C'était inutile. Les coups et les regards noirs avaient été suffisants.

Holly pleurait ouvertement et s'appuyait contre lui.

— *Rien* de tout ça n'était ta faute, Brody. Rien. Ce qui s'est passé était une tragédie, mais tu n'as pas à porter tout ce fardeau. Ça va te dévorer de l'intérieur. C'est déjà le cas.

Il secoua la tête. Elle ne comprenait pas.

— J'ai perdu ma sœur parce que j'ai échoué. Ma mère est morte parce que j'ai échoué. Mon père est un salaud impitoyable à qui je ne parle pas parce que j'ai échoué. Je ne suis pas doué pour être présent pour les autres, Holly. C'est pour ça que je suis un mec qui a un tas d'amis, mais que personne ne connaît vraiment. Parce que je ne suis pas celui dont on a besoin. Je ne suis pas quelqu'un qu'on peut vraiment aimer, avec qui on peut vraiment être.

Elle ouvrit la bouche pour dire quelque chose, mais il la coupa.

— Je n'aimerais jamais personne, Holly. Je ne peux pas. Je suis brisé. Tous ceux que j'aime meurent, je ne veux pas traverser ça une nouvelle fois. Jamais.

Elle se pinça les lèvres et secoua la tête.

— Eh bien, ça craint pour nous deux parce que je t'aime.

Il fit un pas en arrière et baissa les bras, son cœur, battant hors de contrôle.

— Retire ce que tu as dit. Tu ne peux pas. Tu ne peux pas m'aimer. Je refuse que tu sois blessée. Tu te trompes, seulement parce qu'on fait tellement d'activités qui font monter ton adrénaline. Tu *penses* simplement que tu m'aimes, mais tu ne peux pas.

Elle eut un rire creux.

— Tu ne peux pas me dire ce que je dois ressentir, Brody. Je t'aime pour la personne que *tu* es, pas parce que tu m'as emmenée faire du saut à l'élastique ou que tu m'as fait manger des tacos. Ça en fait partie, bien sûr, puisque tu t'offres à tout le monde. Sans donner les parties les plus importantes de toi.

Le corps de Brody se paralysa, et il essaya de penser à une façon de s'en sortir sans lui faire de mal, cependant, il ne pouvait pas réfléchir. Il n'arrivait pas à respirer. Alors il fit la seule chose qui, il le savait, l'éloignerait, la garderait en sécurité.

— Je ne t'aime pas, Holly. Je ne peux pas.

Elle leva le menton.

— Tu ne m'aimeras pas.

Il marqua une pause.

— Je ne t'aimerai pas, chuchota-t-il.

Elle ne pleurait plus, maintenant, et il ne savait si c'était encore plus ou moins douloureux. Il ne pouvait rien ressentir.

— Alors tu ferais mieux de sortir de chez moi parce que je n'ai pas envie de te voir, là. Je mérite mieux que ça. Mais tu sais quoi, Brody ? Tu mérites bien mieux que ça, aussi.

Et sur ces mots, il la regarda une dernière fois avant de la laisser seule dans sa maison, le cocon qu'elle s'était créé quand elle n'avait rien.

Il lui avait fait du mal, il l'avait perdu, et il avait également perdu une partie de lui-même.

Il avait fait la seule chose qu'il n'aurait pas dû faire : il était tombé amoureux de Holly Rose.

Néanmoins, il ne pouvait rien y faire tout en la gardant en sécurité.

Les paroles de Derek tourbillonnèrent dans sa tête, et il avait peur de commettre une horrible erreur. Mais c'était trop tard. Il l'avait laissée pleurer, glacial, et il ne pouvait revenir en arrière.

Alors maintenant, Brody était seul.

Encore une fois.

C'était l'unique façon de vivre qu'il connaissait.

Chapitre 10

Chapitre 9

HOLLY N'ÉTAIT PAS sûre de savoir si elle était furieuse, blessée, effrayée ou paralysée. Toutes ces émotions venaient et repartaient par vagues, mais elle respirait toujours, donc cela devait bien compter pour quelque chose. Elle avait pleuré pour Brody quand il lui avait raconté son histoire, mais elle n'avait pas pleuré pour lui quand il avait été si insensible. Elle n'avait pas pleuré pour lui quand il était parti.

Et elle n'avait pas pleuré pour elle-même.

Peut-être que c'était la paralysie qui s'installait.

Alors peut-être que c'était la raison pour laquelle elle avait plongé dans le grand bain et se trouvait maintenant au bord de la rivière, avec un casque et un gilet de sauvetage attaché autour de sa poitrine. Brody avait prévu qu'ils aillent faire du rafting dans les eaux vives, aujourd'hui, et elle n'avait pas annulé ni ne lui avait envoyé un message à ce sujet.

C'était l'une des dernières choses sur sa liste originale, et elle avait refusé de laisser cette peine pourrir au point de lui faire perdre de vue la raison pour laquelle elle était tombée amoureuse de cet homme dès le début. La seule chose qui restait sur sa liste après cela, c'était de se faire un tatouage, et maintenant, elle avait enfin une idée de ce qu'elle voulait.

Une seule rose pour son nom de famille et elle se souviendrait que chaque pétale représentait une chose pour laquelle elle s'était battue, peut-être aussi quelque chose qu'elle avait perdu.

Elle avait réfléchi à cette idée quand Brody l'avait quitté la première fois, et elle avait voulu lui en parler avant qu'il sorte de sa vie pour toujours. Maintenant, elle était plutôt heureuse de ne pas l'avoir mis au courant, sinon il aurait également gâché cela.

Il n'y avait rien de tel que se prendre son amour en plein visage, peu importait à quel point vous essayiez de ne pas le laisser vous briser.

Peut-être qu'elle était devenue une personne différente. Elle avait tenté de faire en sorte qu'il la perçoive différemment, pour l'aider à guérir, mais elle avait passé toute son enfance et ses années de lycée à le faire pour les autres, et elle s'était promis qu'elle ne recommencerait jamais.

Même pour l'homme qu'elle aimait.

Parce qu'il ne l'aimait pas en retour.

Et peu importait ce qu'elle disait, ce qu'elle faisait, ces faits ne pourraient jamais changer.

Alors voilà où elle en était, s'apprêtant à effectuer le parcours débutant en rafting, en essayant de ne pas s'effondrer et de ne pas pleurer. Brody aurait dû être à ses côtés, il aurait dû être là pour l'aider à éliminer les deux derniers éléments de sa liste.

Puis, il aurait dû être là lorsqu'elle aurait rédigé sa seconde liste.

Ou même une liste qu'elle ne pouvait partager qu'avec lui.

Mais ce n'était pas le cas et elle devait s'en remettre. Elle roula ses épaules en arrière en se frayant un chemin vers les autres. Ils avaient effectué l'entraînement, et à présent, elle était prête à en finir avec ça. Ce n'était pas la meilleure perspective qu'elle pouvait avoir sur son aventure, mais elle n'était plus la même femme que lorsqu'elle avait commencé ce foutu truc, et elle ne pouvait revenir en arrière, maintenant.

— Je me disais que j'allais te trouver ici.

Elle tourna les talons, le cœur au bord des lèvres.

— Qu'est-ce que tu fais là ?

Brody avait les mains dans les poches de son short, son gilet de sauvetage attaché et un casque sur la tête.

— C'était sur ta liste et on l'avait prévu ensemble, tu te souviens ? J'ai la certification et j'ai déjà suivi l'entraînement. Mais désolé d'être en retard, j'ai dû aller chercher quelque chose.

Elle leva le menton, énervée contre elle-même parce qu'elle appréciait qu'il soit là, même juste pour un moment. Il lui avait fait du mal, bon sang, et il ne méritait rien de sa part. Plus maintenant.

— Tu es parti et tu as été assez clair sur les raisons pour lesquelles tu l'as fait. Tu penses que tu vas revenir dans ma vie et recommencer comme on était avant ? Parce que je ne crois pas.

Une foule se réunissait autour d'eux, mais elle l'ignora. Elle en avait assez d'être la Holly mignonne et gentille. Fini. Brody pouvait bien aller se faire voir, pour ce qu'elle s'en souciait.

Non pas qu'elle le dirait, mais elle le pensait.

— Je... Je veux expliquer.

Il ne lui montra pas sa fossette, grâce à laquelle il échappait à tant de choses, et elle en fut heureuse.

— Tu t'es suffisamment expliqué, hier.

— Non.

— D'accord, les gars, on est prêts à y aller. Mettez-vous en position.

Holly lança un regard noir à Brody tandis que leur guide criait les instructions, et elle soupira quand l'homme prononça le nom de Brody.

— Je crois comprendre que si tu restes derrière, ça gâche tout le voyage.

Brody grimaça.

— Il faut penser à la répartition du poids.

Elle grogna et il écarquilla les yeux. Bien. Il devrait avoir peur, ou du moins, sembler surpris.

— D'accord.

Elle marcha à ses côtés et prit la pagaie, repassant dans sa tête les instructions qu'on lui avait données et éloignant fermement Brody de son esprit. Pourquoi était-il ici ? Ça n'avait aucun sens. Il avait dit qu'il voulait expliquer et maintenant qu'il était ici, il s'apprêtait à vivre l'un des derniers éléments de sa liste. Cette liste qui aurait dû l'aider à se sentir mieux, et au lieu de ça, elle lui rappelait Brody et le fait qu'il ne l'aimait pas.

Une autre douleur fit écho dans son cœur, mais elle l'ignora.

Elle devait se reconcentrer. Pas seulement parce que sa sécurité et son bien-être étaient en jeu, mais c'était également le cas de la vie des autres personnes présentes dans le kayak. Elle ne pouvait pas penser à Brody quand elle devait déjà s'inquiéter des dangers devant elle.

Et si elle avait réfléchi à cela avant de tomber amoureuse de lui, peut-être que cela n'aurait pas été si douloureux.

Néanmoins, elle ne pouvait contrôler son cœur, elle le savait.

Bon sang.

Une fois encore, elle releva le menton et s'installa dans le canot, une rame à la main. Elle était au milieu, du côté gauche, tandis que Brody était devant, en diagonale par rapport à elle. Cela signifiait que pendant toute l'activité, elle le verrait s'affairer, observant la manière dont ses muscles se contractaient, et *le* scrutant simplement.

Eh merde.

Avant qu'elle puisse lui arracher son regard,

cependant, ils partirent. Son corps était en feu, mais de la meilleure façon possible, puisqu'elle n'avait jamais rien ressenti de tel. Elle rebondissait et bougeait avec l'eau, faisant de son mieux pour suivre, même si elle n'était pas aussi forte que les autres personnes présentes dans le canot. Ils ne faisaient pas des rapides incroyables, aujourd'hui, mais ils en feraient des petits. L'eau l'éclaboussait quand ils heurtaient une vague et elle rit, appréciant le moment.

Lorsqu'ils tournèrent brusquement à gauche, Brody la regarda et fit un clin d'œil. Elle sourit parce qu'elle ne pouvait s'en empêcher. C'était exaltant de se laisser porter par le courant de la rivière, tout en essayant d'avoir un semblant de contrôle. Son guide savait ce qu'il faisait et elle lui en était reconnaissante.

— On arrive dans les petites rapides, alors tenez-vous bien, cria l'homme derrière elle.

Elle l'entendit par-dessus le bruit de l'eau heurtant la pierre.

— Vous pouvez le faire !

Toutefois, elle n'était pas sûre qu'ils réussiraient. Même si ce n'était qu'un petit rapide, ils allaient bien plus vite qu'auparavant. Elle pagaya avec les autres, faisant de son mieux pour le passer, mais désormais, la peur qu'elle avait essayé d'ignorer l'emportait sur l'adrénaline qui traversait encore son corps.

— Heather, Anton, virez à gauche ! cria Sam, le guide, derrière eux.

Seulement, les deux personnes devant Holly s'emmêlèrent les pinceaux, ou bien ils ne furent pas assez fort pour le courant. Elle cria quand le radeau pneumatique se heurta au rocher devant elle, ses dents claquant.

Elle brailla, entendit la voix de Brody dans sa tête quand il hurla son nom… et tout devient noir.

L'eau se précipita au-dessus de sa tête lorsque le canot se renversa et elle n'eut d'autre choix que de plonger. Elle avait perdu sa pagaie, mais elle donna une impulsion pour remonter, du moins, elle espérait aller dans le bon sens. Entre son petit coup de pied et le gilet de sauvetage, elle réussit à sortir de l'eau et prit une grande inspiration, essayant d'interrompre cette brûlure dans ses poumons et d'observer les environs.

Les couleurs rouges vives des vestes et des casques jaunes attirèrent son regard et elle soupira presque lorsqu'elle put compter les huit personnes faisant du rafting avec elle. Personne n'était sous l'eau, mais cela ne signifiait pas non plus que tout le monde était en sécurité.

Elle tenta de nager jusqu'au rivage, mais le courant était si fort qu'elle avait même du mal à bouger ses bras. Le gilet et sa veste en dessous n'étaient pas confortables et chaque fois qu'une vague la heurtait, elle était aspirée par le fond, mais elle continuait de remonter. Beaucoup d'entre eux progressaient bien trop loin dans la rivière et bien trop vite. Elle priait simplement que tout le monde puisse en sortir sans problème. Étonnamment, elle avait réussi à éviter les rochers jusqu'à maintenant, mais lorsque Heather se cogna devant elle, elle ne sut pas vraiment si le craquement bruyant qu'elle entendit était l'impact de l'autre femme contre la pierre, ou le bruit d'un os qui se brisait.

Curieusement, elle tendit d'abord la main vers Sam et le guide tira sur son bras, l'attirant vers lui.

— Allez sur le rivage, hurla-t-il. Nagez autant que vous le pouvez, vous aurez bientôt pied. Ces rapides ne vont plus durer longtemps. Je vous le promets.

Elle acquiesça, sa gorge trop sèche pour parler. Elle donna des coups de pied, faisant de son mieux pour rejoindre la rive. Brody était à environ un mètre d'elle, son visage pâle et du sang coulant d'une blessure sur sa tempe.

Elle fut à nouveau bouleversée par le choc, et elle se retourna pour nager vers lui. Il observa dans sa direction et jura, allant contre le courant, réussissant à la rejoindre en cinq mouvements de bras rapides.

Il s'agrippa à elle et l'obligea à partir dans l'autre sens.

— Bon sang. Nage vers le rivage.

Elle prit une nouvelle impulsion et passa un bras autour de sa taille.

— Ensemble. On le fait ensemble.

Il lui lança un regard féroce.

— Ensemble.

D'une façon ou d'une autre, ils arrivèrent à rejoindre la rive, tels un seul homme, leurs jambes emmêlées, leurs corps lourds. Ils s'allongèrent sur les galets. Ils avaient froid, étaient en sueur et clairement choqués.

Holly tendit la main vers la tempe de Brody.

— Tu sai-aignes.

Ses dents claquaient terriblement, elle était même surprise de pouvoir parler.

—Je vais bien, grogna Brody en s'obligeant à se lever.

Il l'attira pour qu'elle soit sur ses cuisses et il la serra fermement dans ses bras.

— J'ai eu tellement peur, chérie. Dès que je fermerai les yeux, je te reverrai couler comme tu l'as fait. Je ne veux plus jamais voir ça, mais bon sang, c'est tout ce que j'ai en tête.

Elle se tortilla dans ses bras, consciente que les autres sortaient de la rivière autour d'eux, examinant leurs blessures tandis que Sam appelait à l'aide sur sa radio d'urgence.

— J'avais tellement peur de te perdre, chuchota-t-il.

— Mais tu saignes. Brody. Que s'est-il passé ?

Elle chercha autour d'elle quelque chose qui lui servirait à appuyer contre sa tempe, mais ne trouva rien. Ça n'avait pas l'air si méchant, maintenant qu'elle le regardait de près, mais les blessures à la tête saignaient toujours vivement.

— J'ai heurté un rocher, grogna-t-il. Je pense que je me suis aussi fait mal à une côte ou deux.

Elle écarquilla les yeux et tenta de se libérer. Il soupira lourdement et l'attira plus près de lui.

— Ne bouge pas. Tu vas me bousculer.

— Je ne devrais pas du tout être sur tes cuisses.

Il ouvrit les yeux pour croiser son regard.

— J'ai besoin de savoir que tu vas bien, Holly.

J'ai besoin de te sentir dans mes bras. Je peux ignorer mes côtes pour l'instant, tant que je sais que tu es là.

Elle resta figée, mais l'inquiétude et la peur se frayèrent un chemin autour de son cœur.

— Je te fais mal.

Il grimaça, mais tendit la main pour prendre son visage en coupe.

— Non, tu ne me fais pas mal. En revanche, le rocher, si. Je suis juste tellement heureux que tu sois en vie, chérie. Je ne sais pas ce que j'aurais fait si tu avais été blessée. Tu vas bien, hein ? Tu n'as mal nulle part ?

Seulement à son cœur, pensa-t-elle.

Les larmes coulèrent sur son visage, tandis que les autres s'activaient autour d'eux, parlant, s'assurant que tout le monde allait bien, mais elle n'avait d'yeux que pour Brody.

— J'ai failli te perdre, chuchota-t-elle.

Elle avait été si en colère contre lui, maintenant, ça ne semblait pas approprié.

— Non, répondit-il d'une voix rauque. Mais j'aurais pu te perdre parce que je suis un putain d'idiot. Je n'aurais pas dû te repousser. Je n'aurais pas dû détruire ce que nous pouvions avoir, puisque je ne pouvais pas me regarder en face. J'ai menti,

Holly. J'ai menti et je nous ai fait mal à tous les deux en même temps.

Elle déglutit difficilement.

— Qu'est-ce que tu veux dire ?

— Je t'aime, Holly Rose. Je t'aime tellement. J'avais terriblement peur de te faire du mal ou de faire savoir à mes amis que j'ignorais le fait que nous étions déjà aussi proches que possible. Je t'aime. Je veux que tu fasses partie de ma vie et de tout ce qui fait de moi qui je suis. J'ai envie de rédiger plus de listes avec toi, et découvrir ce que nous pouvons faire d'autre ensemble. Pardonne-moi, chérie. Pardonne-moi d'avoir agi comme un crétin qui faisait l'autruche. S'il te plaît, dis-moi que tu m'aimes toujours. S'il te plaît, ne me fuis pas comme je l'ai fait avec toi.

Il embrassa le bout de ses doigts et elle baissa la main.

— Je suis venu ici aujourd'hui pour te dire ça. Mais je ne m'attendais pas à te perdre à cause de *l'eau* avant de le faire.

Elle n'avait pas fait le lien, et maintenant, elle retombait une nouvelle fois sous son charme. Oh, bon sang, cela devait lui faire vraiment mal, mais si ce qu'il disait était vrai, alors il était venu dans la rivière pour *elle*, et avait voulu dire tout ça *avant* l'accident.

Elle fit donc la seule chose qu'elle pouvait faire.

Elle prit ce risque.

Elle sauta de son pont.

Elle se laissa tomber une fois de plus.

— Je t'aime aussi. Je t'aimerai toujours, Brody.

— Toujours, chuchota-t-il.

Les pompiers arrivèrent à ce moment-là, et elle se leva de ses cuisses.

— Hé, cria-t-il en lui tenant la main. Ouvre ma poche, j'ai un cadeau pour toi.

L'un des pompiers ricana et Holly rit franchement.

— Qu'est-ce que je t'ai dit sur tes répliques ? Tu dois travailler là-dessus.

Brody rit avant de tousser.

— Aïe. D'accord. Rire n'est pas une bonne idée, là.

Le pompier qui n'avait pas fait de bruit auparavant secoua la tête.

— Je suis presque sûr que vous vous êtes fêlé une côte, mais je vais vous emmener dans l'ambulance pour qu'on s'assure qu'elle n'est pas cassée.

— Oui, répondit sèchement Brody.

Elle se pinça les lèvres, inquiète pour lui.

— Brody.

— Ça va aller, lui expliqua-t-il. Elle peut venir avec moi ?

Les secouristes se jetèrent un coup d'œil et acquiescèrent.

— Oui. On va vérifier que tout le monde va bien, juste au cas où, mais elle peut vous accompagner.

— Bien, maintenant regarde dans ma poche, chérie. Je promets que c'est quelque chose que tu veux.

Il fit un clin d'œil, malgré la douleur qu'elle vit dans son regard.

— Et ce n'est pas *ça*.

Elle souffla et se pencha pour ouvrir la poche. Lorsqu'elle sortit un petit sac imperméable, elle fronça les sourcils.

— Ouvre, lui dit Brody tandis que les pompiers s'occupaient de lui.

Ses mains tremblaient, elle fit ce qu'il lui demanda et haleta. C'était un bracelet en argent, ou en or blanc, elle n'en était pas sûre. Mais ce ne fut pas ce qui la fit pleurer. Non, c'était à cause des breloques qu'il avait placées dessus et qui lui donnaient envie de passer les bras autour de l'homme qu'elle aimait, pour ne jamais le relâcher.

Une goutte d'eau pour aujourd'hui.

Un taco, pour leur repas, parmi tout ce qu'il aurait pu mettre.

Une moto, pour leur première rencontre.

Une étoile… une étoile pour leur virée de nuit sous les étoiles.

Un *pont* pour sa chute.

— Je connais un type qui fait des bijoux et il m'a aidé, expliqua Brody quand ils allèrent vers l'ambulance.

Brody était sur une civière et elle clignait difficilement des yeux à ses côtés.

— Évidemment, tu connais un type, déclara-t-elle sèchement.

Le pompier l'aida à monter à l'arrière et elle s'assit à côté de Brody tandis que l'autre s'affairait.

— Je n'arrive pas à croire que tu m'aies acheté ça.

— Mais il manque une breloque, chuchota-t-il.

— Tu as tout, répondit-elle doucement. Qu'est-ce qui pourrait bien te manquer ? Tu as même le taco.

Le pompier le scruta.

— Vous avez acheté un bracelet avec une breloque en forme de taco à votre copine ?

Brody sourit, cette fossette ressortant à nouveau.

— Vous auriez dû être là, déclara l'homme, impassible.

— Qu'est-ce qui manque ? demanda à nouveau Holly.

— Une rose, répliqua-t-il simplement. Pour le tatouage que tu vas te faire.

Elle cligna des yeux.

— Comment… comment pouvais-tu le savoir ? Je n'y avais même pas pensé jusqu'à récemment et je ne te l'ai pas dit.

Brody tendit la main vers elle, et elle la saisit prudemment quand le secouriste hocha la tête pour lui donner sa permission.

— Je te connais, Holly. Tout comme tu me connais.

Elle déglutit difficilement et fit de son mieux pour ne pas pleurer à nouveau. Elle avait déjà bien trop pleuré dernièrement, tout ce qu'elle voulait, c'était simplement *être*.

— Tu es bien trop bon, tu le sais, ça ? dit-elle après un moment.

Il fronça les sourcils.

— Non, c'est faux. Mais tu fais de moi un meilleur homme. Alors c'est tout ce dont j'ai besoin.

Elle s'agrippa à sa main tandis qu'ils se précipitaient vers les urgences pour s'assurer que Brody allait bien, mais elle savait qu'*ils* iraient bien. Ils venaient de famille à cause desquelles ils auraient pu être abattus, et pourtant ils avaient pu renaître de leurs cendres. Ils n'étaient pas les mêmes que lorsqu'ils avaient été obligés d'accepter que ceux qui auraient dû les aimer ne le pouvaient pas. Mais à présent, ils étaient ensemble et elle savait que peu importait ce qui arriverait, ils seraient ensemble.

Elle avait pris le plus grand risque de tous avec Brody Deacon et maintenant elle pourrait vivre l'aventure la plus stimulante de toutes : l'aimer jusqu'à la fin de ses jours.

Épilogue

BRODY REJETA la tête sur son oreiller, emmêlant ses doigts dans les cheveux de Holly alors qu'elle le prenait dans sa bouche. Il avait eu raison de se dire que la vue de ses lèvres autour de son membre serait l'une des choses les plus sexy qu'il avait jamais vues de sa vie. Il était juste sacrément heureux que ses côtes soient enfin guéries après avoir été blessées, pour qu'il puisse en profiter.

Elle sourit en le relâchant et fit un clin d'œil.

— Tu aimes ?

— J'*adore*, grogna-t-il. Maintenant, recommence. Tu m'as promis une pipe d'anniversaire.

Elle leva les yeux au ciel.

— C'est *mon* anniversaire.

— Je sais, le taquina Brody. C'est pour ça que je

t'ai déjà dévoré deux fois ce matin et que je t'ai fait jouir. Maintenant, c'est mon tour puisque je te refuse tout le temps ma queue.

Elle leva les yeux et glissa ses doigts sur sa longueur, l'autre main jouant avec ses bourses. Il loucha quand elle serra et il sut qu'il était un homme chanceux.

— Tu te retires toujours avant de me baiser contre le matelas, alors je ne peux pas vraiment me plaindre, répondit-elle en riant.

Le mot « baiser » franchissant ses lèvres lui donna envie de la prendre contre le matelas susmentionné, mais il lui avait promis qu'il se tiendrait bien.

Pendant un petit moment, au moins.

Il s'allongea sur le lit et grogna quand elle le prit dans sa bouche. Bon sang, elle savait exactement ce qu'elle faisait avec sa langue et s'il ne faisait pas attention, il allait exploser avant d'être prêt.

Il avait emménagé chez elle la semaine après l'accident de rafting, puisque ni l'un ni l'autre ne souhaitait attendre. Ils n'étaient pas fiancés, mais ils n'en étaient pas loin. Il voulait un peu plus d'elle avant de la partager avec le monde pour planifier le mariage et le reste.

En outre, ils n'étaient pas pressés, maintenant

qu'ils dormaient côte à côte chaque soir et qu'elle portait constamment son bracelet à son poignet. Il laissa sa main libre glisser le long de son torse pour la poser sur la chaîne qu'elle lui avait donnée, et sourit. C'était une simple chaîne en or blanc qui ne le gênait pas pendant le travail, mais il y avait une rose sur la fermeture. Si quelqu'un la remarquait, on se moquerait de lui, mais il s'en ficherait. Sa femme la lui avait donnée donc il la porterait jusqu'à la fin de ses jours.

Lorsqu'elle s'éloigna, se léchant les lèvres, il tira sur ses cheveux.

— Grimpe sur moi, chérie, et baise-moi. Je veux voir tes seins rebondir quand tu me chevauches.

Elle s'exécuta, avec une grâce féline et une ruse féminine.

Bon sang, son érection était plus dure que de la pierre et il était prêt à jouir, mais il voulait d'abord être en elle.

Elle l'embrassa sauvagement, sa poitrine s'agitant au-dessus de son torse et il grogna. Il s'agrippa à la base de son sexe et le claqua fermement contre celui de la jeune femme, qui était juste là. Pas besoin de préservatif. Plus maintenant.

— Monte-moi, femme.

Elle rit, mais c'était un gloussement guttural qui

lui provoquait des réactions incroyables. Sa Holly n'était pas une rose innocente, et il adorait ça.

Lorsqu'elle glissa sur lui, ils grognèrent tous les deux et il posa une main sur sa cage thoracique, juste sur le côté de son sein.

— J'adore ce tatouage sur ta peau, souffla-t-il. Tu es tellement belle, Holly. Tu es tellement *mienne*.

Elle s'était fait tatouer une rose à cet endroit. Bien sûr, elle n'avait pas choisi la facilité en se lançant sur une des zones les plus douloureuses. Elle avait cependant dit que c'était là qu'elle le voulait, où il pouvait aisément s'agripper à elle quand il jouait avec ses seins. Elle lui avait alors dit que le prochain tatouage serait sur sa hanche, pour qu'il puisse s'y tenir aussi.

Puisqu'ils étaient à *Montgomery Ink* à ce moment-là, son grognement avait fait écho sur les murs et Maya avait ri avant de la tatouer.

Apparemment, ils avaient entendu pires pendant leur travail et la petite Holly gentille qui disait des obscénités n'était pas une surprise.

Il était clairement un homme chanceux.

Elle roula les hanches.

— Toi aussi, tu es à moi, dit-elle avec un petit sourire. Ne l'oublie pas.

Il la laissa le chevaucher un peu plus longtemps

avant de les retourner tous les deux pour qu'il puisse faire de lents va-et-vient en elle. C'était son anniversaire, après tout. Elle ne devrait pas avoir à faire tout le travail.

Ses yeux s'assombrirent lorsqu'elle eut un orgasme et il étouffa son cri dans sa bouche.

— Je t'aime, Holly.

— Moi aussi, je t'aime, haleta-t-elle.

Elle bougeait encore avec lui, alors qu'il lui faisait l'amour. Puis ses muscles intérieurs se contractèrent et il jouit.

Son orgasme fut violent en elle, alors qu'il était nu et exposé, de toutes les façons possibles. Quand il roula sur le côté, son sexe toujours dur en elle, leurs corps mouillés par la transpiration, il l'embrassa lentement, calmement, tel un homme qui avait tout le temps du monde et la femme qu'il aimait dans ses bras.

— Je t'adore, chuchota-t-il.

Elle eut un sourire profond, satisfait, qui lui était réservé.

— Ah oui ? Pour toujours ?

Il l'embrassa à nouveau.

— Pour toujours.

****

Je suis honorée que vous ayez lu ce livre et que vous aimiez les Montgomery autant que moi. La série continue avec Nos desseins ravivés et le reste des Montgomery de Denver.

Note de Carrie Ann

Je vous remercie d'avoir lu À l'encre de nos rêves. Si vous avez aimé cette histoire, j'espère que vous envisagerez de laisser un avis ! Les avis sont utiles pour les auteurs *et* les lecteurs.

Je suis honorée que vous ayez lu ce livre et que vous aimiez les Montgomery autant que moi !

La série se poursuit avec Nos desseins ravivés, suite des Montgomery de Denver.

Pour vous assurer d'être informé de toutes mes nouvelles parutions, inscrivez-vous à ma newsletter sur <u>www.CarrieAnnRyan.com</u> ; suivez-moi sur Twitter @CarrieAnnRyan, ou sur ma page Facebook. J'ai également un Fan Club Facebook où nous discutons de sujets divers, avec annonces et autres goodies. C'est grâce à vous que je fais ce que je fais, et je vous en remercie.

N'oubliez pas de vous inscrire à ma LISTE DE DIFFUSION pour savoir quand les prochaines publications seront disponibles, participer à des concours et obtenir des *lectures gratuites*.

Bonne lecture !

Montgomery Ink

Tome 0.5: À l'encre de ton cœur

Tome 0.6: À l'encre du destin

Tome 1 : À l'encre déliée

Tome 1.5: À l'encre de ton âme

Tome 2 : À dessein prémédité

Tome 3 : D'encre et de chair

Tome 4 : Attrait pour trait

Tome 4.5: À l'encre des secrets

Tome 5: Entre les lignes

Tome 6: En pointillé

Tome 6.5: À l'encre de nos rêves

Tome 7: Nos desseins ravivés

Tome 7.3: À l'encre de nos vies

Tome 7.5: À l'encre de nos choix

Tome 8: Motifs troubles

Tome 8.5: À l'encre de ton corps

Tome 8.7: À l'encre de l'espoir

Et d'autres encore !

De la même autrice

Montgomery Ink:

Tome 8: Motifs troubles

Tome 8.5: À l'encre de ton corps

Tome 8.7: À l'encre de l'espoir

Les Frères Gallagher:

Tome 1: Un amour nouveau

Tome 2: Une passion nouvelle

Tome 3: Un nouvel espoir

Redwood:

1. Jasper

2. Reed

3. Adam

4. Maddox

5. North

6. Logan

7. Quinn

Griffes

1. Gideon

Pour plus d'informations, abonnez-vous à la <u>LISTE DE DIFFUSION</u> de Carrie Ann Ryan.

À propos de l'auteur

Carrie Ann Ryan n'avait jamais pensé devenir écrivaine. C'est seulement quand elle est tombée sur un roman sentimental alors qu'elle était adolescente qu'elle s'est intéressée à cette activité. Lorsqu'un autre romancier lui a suggéré d'utiliser la petite voix dans sa tête à bon escient, la saga *Redwood* ainsi que ses autres histoires ont vu le jour. Carrie Ann a publié plus d'une vingtaine de romans et son esprit foisonne d'idées, alors elle n'a guère l'intention de renoncer à son rêve de sitôt.

9 781636 951034